探すんだ！もう一度生まれて
僕の死んだ理由を
生きる意味を

石田　裕子
石田龍之介

遊行社

はじめに

長男　龍之介は令和4年3月19日18歳でこの世を旅立ちました。

突然襲った病魔は、それまでの平穏な日常を数分の間で奪い去り、想像を絶する残酷な方法で、私と子供の間を引き裂きました。

病名　急性出血性白質脳炎という原因不明の病気です。

2月17日、龍之介の刻《とき》だけが止まり、現状が飲み込めないまま病院から帰ってきた私は、さっきまで寝ていた子供部屋を覗き込みました。そこには、4月から大学進学に向けて一人暮らしをするために用意された、希望の詰まった段ボール箱の山の中に、空っぽになった、まだぬくもりのある布団がありました。そこで、初めて大きな大きな喪失感が意識の中に飛び込んできたのです。

2022.5
死後 2ヶ月

あの日から、すべての生活が一変し、私は息子のことだけで頭がいっぱいになりました。そして、これまでの人生で経験したことのない、激烈な痛みが襲いかかる世界へと放り出されたのです。

まるで、崖から突き落とされた後、血まみれになりながら死にきれず、必死で這い上がろうとする人の痛み。登っては荒波にさらわれ、岩にぶつかり、また息をしたくて這い上る。でも、もう二度と、崖の上までは登れない。そんな、絶望的な視界が入ってくるのです。それはもう二度と、数時間前にあった家族みんなが揃う幸せな日々に戻れないという現実の、長い長いトンネルの入り口にすぎないのでした。「無期限の悲しみ」の始まりです。

入院してから5日目、息子は回復のないまま脳死状態となりました。脳の根幹となる脳幹が損傷し、自発呼吸ができなくなったのです。5日ぶりに対面した息子は、体中が機械に繋がれ人工呼吸器で今をやっと生きる姿となり、たった数日の間で息子だけが死への道を猛スピードで走り出している過酷な現実を突きつけられました。

＊　＊

こうして、私自身も生死を彷徨う感覚のなか、高校へ卒業書類を受け取りに行った時のことです。卒業証書やアルバムの入った段ボール箱の中に、一番上に積まれたピンクのファイルがありました。何気なく手に取ったそのファイルには、一番前に綴られた、見慣れた丸い文字で書かれた作文がありました。

『「後悔先に立たず」の先にあるもの　』

それは、機械音だけがただ静かに鳴り響く病室で、息子の胸に顔を押し当て、何度も何度も謝ることしかできなかった私に、ふと息子から声を掛けられた瞬間でした。どこか遠くへ行ってしまった息子が、そぐそばにいて、温かいぬくもりを感じた、そんな不思議な感覚です。

そこから私は、龍之介を探す旅を始めます。
まるで、息子に急き立てられて、突き動かされているかのように。
急いで、急いで、急いで……。
文芸部で書いた小説、パソコンのホルダー、ＵＳＢデータ、携帯の書き留めアプリ、部屋の隅にあった段ボール箱に無造作に入れられた紙の山……。

そこで出会ったものは、今まで一緒に生活していた、私が知っている息子とは、全く別の人物でした。

マイペースで、いつも笑顔で、ゆっくりとした優しい口調でありながら、辛辣な言葉をふと放つ「毒づき龍之介」ではなく、「死」といつも隣り合わせで、何かにせかされて、時間が無くて、急ぎ足で生きている「月夜の中の龍之介」が生きていました。確かにここに生きていた龍之介の声が聞こえてきます。

母　裕子

「後悔先に立たず」の先にあるもの

2021 作文
高校3年 17歳

後悔先に立たずとはよく言ったもので、ふと思い馳せると様々な失敗が頭を巡ります。

「あの時の選択は本当に正しかったのだろうか?」

「もしああしていれば…」

なんて、これまでのことをずっと考えてしまいます。

これを読むあなたも、きっと私と同じ轍《てつ》を踏むことになるのです。避けて通ることはできません。

いずれ必ず、そうなるのです。
人はそういう生き物です。
思い通りにいかなかった時、自身をその状況へ導いた自分の選択を恨み、悔やむのです。

けれども、大事なのはそこからです。

過去を悔いても仕方がないと気付き、そこから立ち上がれるかどうかです。変えられぬ過去を考えるより、変えられる未来を変えるのです。

困難は幾度となく貴方の行く手を阻むでしょうが、乗り越えるか否か、そして「後悔先に立たず」の先に何を見つけるか、全ては貴方次第です。

励みなさい。応援しています。

目次

第1章

プロローグ

息子の死、それは突然やってきた

2022.8.22
死後 5ヶ月

私の息子は、2022年3月、急性出血性白質脳炎という原因不明の病気で亡くなりました。

高校卒業を控えた2月。その日は突然やってきて、あっという間に息子の人生は終わってしまいました。

人生のシャットダウンです。

人生を強制終了させられた人の気持ちは、母である私にさえ実のところ分かりません。

薄情な言い方ですが、私も死んだことがないから、本当の気持ちなんて分からないのです。

多分、誰にも分からないのだと思います。誰にも分かりっこない。

私は、note*を通じて、生前そして人生の晩年（15歳頃から18歳までの高校3年間）に書いた息子の生きた声を届けることで、子どもを亡くした数か月、自身の心の安定を図ってきました。

そして、それに反応を示していただいた方々に私は救われてきました。

だって、ＳＮＳがある今の時代「死人に口なし」なんてことはないんだもの。

こうやって誰かが息子の言葉に耳を傾けてくれるんだもの。

そんな嬉しい気持ちです。

こんな話をすると、

「なんだ、この人死んじゃってたのか」

「生きてない人にスキを送ってたなんて…」

なんていう落胆の想いが聞こえてきます。

そう、私は息子をフランケンシュタインのように生き返らせていただけでした。

＊文章・画像・動画を投稿してユーザー間で楽しむメディアプラットフォーム

とても悲しい話です。

息子の意志などお構いなしです。

そして、知らずに読んでいた方々にも申し訳ない気持ちでいっぱいになりました。


息子と意思疎通ができなくなってから半年。

まだまだ心も頭の中もぐちゃぐちゃです。

整理など何一つつけられない。


私はこの18年間、子どもが生まれてから全力で走ってきた気がします。

育児も、仕事も。

特に育児は大変で、男子二人を育てる気苦労は、心身共にやられっぱなしなことが多かった。

不器用な私は、誰もが難なくこなすことを全力でやらないとできなかったからかもしれません。

これは、そんな不器用な私が、この人生最大の苦悩とされる子どもの死を受け止めるために、もう一度息子と真正面からぶつかってみたい。

悲しみに呑まれることなく、生と死について、真摯に向き合いたい。

そんな気持ちで、母として、自分の言葉で、息子と共に始めるものです。

そして、母と子で『遺』思疎通を交わした対話を交えながら、私と息子の『レーゾンデートル　――存在理由――』を探していきたいと思います。

――息子が生まれた理由を。

――私の生きる意味を。

まずは、息子に、こんな言葉を贈ります。

龍ちゃん、人生卒業おめでとう！

【短編小説】再死

現実《リアル》とは遠くかけ離れた死後の異世界。

余生を奪われ第二の人生をつむがんとする者達の為に、
始業の鐘は、今日も静かに街を包み込む。

教室の中は、いつまでも五月蠅《うるさ》かった。

四月八日、今日この日。晴れて高校一年となった僕は、騒がしいクラスの窓際で桜吹雪の後を目で追っていた。

——死んでから桜を見たのは、たしかこれが初めてだっただろうか。

2020.4
高校２年 16歳

生前の記憶はおろか、最近のことすら鮮明に覚えていられなくなった。

というのは、勉学に励むべき学生には面倒な現実だ。

そもそも、今死後の世界で生きているという現実すら、十五の少年には到底受け入れ堅い事実なのだが。


外の風は、いつの間にかどこかへ消えてしまっていた。推進力を失った花弁は、所在無さげに地面へ吸い込まれてゆく。ふと気がつくと、隣の席に屯《たむろ》する幾人かのグループの話声に、耳を傾ける自分がいた。

「俺は、妹をかばって死んだんだ。あいつ、ろくに乗れやしないのに一輪車で車道を走るんだもの。まだ小三だぜ？　女って度胸あるよなぁ」

「その妹は助かったのか？」

自慢気に話す丸刈りの男児に、取り巻きの一人が尋ねる。

「勿論。中学の時サッカー部だったからな。反射神経と足だけは速いんだ。あと一秒速かったら、俺も助かっていたのになぁ」

「俺は、小さい頃にかかった肺炎をこじらせた」

「僕は…」

エトセトラ。

どの話も、あまり聞いていて心地のよいものではなかった。正直に言えば、耳を塞ぎたいものばかりだ。

大体、自分の死因を人に話す、なんてそんな奇妙な話があるか。少なくとも、生前の世界では、そんな風に軽々しく言える話ではなかった。


――もう一度、生き返ることはできないのだろうか。


「…なぁ。おーい。聞こえてないのか？」

突然、どこへともなく彷徨っていた意識が引っ張り戻された。

「…何さ」

「お前、何で死んだんだ？　教えてくれよ」

「…別に」

馴れ馴れしい奴だ。

「別に、ってことないだろう。死んだ理由を教えてくれよ。って言ってるんだよ」

「…知らない」

「は？」

「知らないものは知らない。というか、覚えていない。確かに僕は死んだ。ここにいるってのはそういうことだ。でも、何で僕は死んだ？　分からない。記憶にないんだ」

たてつづけに、そうまくしたてた。


死因？　そんなもの知るかよ。僕が一番知りたいくらいだ。


「…なら、死ねばいいんじゃないのか」

「…？　どういう意味さ？　もう僕らは既に死んでいるだろ。何を言って…」

「知らないのか!?　この死後の世界で死ねば、もう一度現世に生き返れるんだ」

「…!?　本当なのか!?」

「嘘じゃない。記憶はほんの僅かしか残らないけど、な」

「ほんの僅かか…でも、確かに残るんだな？」

「それは自分で選択できる。残しておきたい記憶を強くイメージして死ねば…っておい！」

――窓を突き破った。硝子の破片が肌を切り、打ちつけた肩には鈍い痛みがかけめぐる。

足場はない。

迷いもない。

ただあるのは、重力と強い記憶。

――探すんだ。もう一度生まれて。

僕の死んだ理由を。

生きる意味を。

止んだはずの風が、これまでにない強さで後ろへ、空へ、吹いていく。

せまる地面に身が触れた瞬間

——僕の意識は、再び世界の狭間に飛んだ。

＊　＊

【作品解説】

この短編小説は、高校文芸部の部活中に書いたもの。短い時間でパッとひらめいたものを書く、そんなインスピレーションが、２年後自分の人生で本当の事となった。

亡くなってから数日後、息子の部屋の段ボール箱から見つけたもの。

息子は死んでどこか遠くに逝ってしまったのだ。

そう落胆していた時にふと見つけて、

息子はまだここにいる。

このまま死ねるわけがない。

自分の生きる意味をずっと探している。

そう強く感じた瞬間。

これは、私の原点作品。

子どもを亡くして、私も死んだ
その一歩踏みだした先に見えたもの

2022.9.3
死後 5ヶ月

私の家族は、４人家族だった。

18歳と15歳になる息子ふたりと、夫と、私。


4月から長男は大学へ、次男は高校へ進学し、夫は人生最後の転職をするはずだった。

4人家族のうち、3人の人生が、同時に大きく変わる瞬間が来るなんてそう滅多にない。

私は、そんな家族のなか、ちょっと誇らしく、ひとり応援者でいるはずだった。

皆が新しい「一歩踏みだした先」に、何を見つけるか。

それぞれの人生の門出に、母として妻として、私がしてあげられることは、それぞれの背中を力いっぱい押してあげることだった。

でも、うちの家族には、みんな揃って祝う春は訪れなかった。

＊　＊

子どもの死とは、この世の果てともいわれる深い悲しみの世界へ引きずり込まれる。

善光寺の暗闇を歩くような、光のない世界。
深海魚の住む海底のような、音のない世界。
ビックバンが起こる宇宙のような、刻《とき》のない世界。

特に刻は残酷だ。
心が悲鳴を上げて立ち止まってほしくても、刻一刻と進んでいく。
私だけが、周りからひとり取り残されていく。

子どもを亡くした現実と、つい数日前まで一緒に笑っていた過去と、確実に来るであろう未来が頭の中をぐるぐると走り回り、心をかき乱して、何もできない一日が、毎日毎日過ぎていくのだ。

子どもを亡くした世界は、私にとってまさに『死後の異世界』だった。

私は、子どもを亡くして、私も死んだ。

＊　＊

『死後の異世界』は「現実の世界」とそっくりだ。

「現実」が映る「鏡の中の世界」。

目に映る景色、聞こえてくる生活音、安らぐ香りに、温かい感触や、笑いや怒りの感情、時間の流れるスピードさえもすべて同じ。

ただ、一つだけ違うのは、死者も生《い》ることだ。

ここは、誰もが入れる世界ではない。

大切な誰かを喪失し、潰されそうな後悔の波と、罪悪感と、悲しみと、敗北感が脳内に押し寄せる。毎日毎日、あの人のことが忘れられず、あの日に戻れたら…と常に過去を振り返る。朝起きて、眠りにつくまで、どこにいても、何をしていても、何度も何度でも、呪われた悪夢のような現実を生きることになる。

そんな、頭から離れられないほどの大事な人を喪《うしな》った者だけが、この世界に入れるのだ。

そして、そこは入ったら死ぬまで出られない、「現実の世界」では二度と生きることができない、そんなところが『死後の異世界』だ。

＊　＊

『死後の異世界』は、人によって様子が異なる。

景色も、時間の流れ方も、死者の在り方も。

でも、始まりはほとんど一緒。

その日は突然やってきて、覚悟もないまま暴力的に突き落とされる。

そのせいで色彩が無くなり、鮮やかな景色は、モノクロに変わり、はっきり聞こえなくなり、音の届かない海底まで引きずり込まれる。

時間の感覚がなくなり、起きてるのか、生きてるのかさえ定かでなくなる。

意識は遠のき、他者との距離を感じる。


生きている人が怖いのだ。

私は、死んだ子どもと一緒に死んだはずなのに、私が生きているかのように話しかけてくるのだから。


「ねえ、辛いときは泣いていいんだよ」

「あなたは、そのままのあなたでいいんだよ」

「いつものように笑ってたっていいんだよ」


そうやって、「現実の世界」の鏡の奥から手を伸ばし、引き寄せられるとき、息をしていなかったことに気付く。

――あなたは生きてるの

――死んでなんかない

死んだ子どもに背を向けて「現実の世界」に目をやると、今度はすべての感情が猛烈な痛みを伴って表に出てくる。

悲しみだけでなく、怒りや妬み、激しい闘争心、そしてどん底まで落ちる懺悔。

最後に、必ず沸き起こる問い。

「なぜ、私の子どもが死ななければならないのか」

この問いは、絶対に幸せな結末を迎えない。

そこには必ず他者がつき纏《まと》うからだ。

なぜうちの子だけが、なぜ私達家族だけがこんな目に、と。

他者を引き合いに嫉妬し、妬み、恨む。

この世の一番の不幸は、この絡み取れないくらい執着した嫉妬心だった。

＊　＊

私は、今まで「死」とは「無《む》」になることだと思っていた。

死んでしまったら、何もかも終わり。

今までの努力も水の泡。


だから、子どもの死は敗北感しかなかった。

子どもと共に歩んだ18年という子育ての時間もすべてリセットされたのだ、と。

読み聞かせで来る日も来る日も本の世界を共有した時間も、体当たりで本気でぶつかり合った反抗期の時間も、これからの将来を一緒になって夢見た時間も…

全部死んだら砕け散って塵になったのだと思っていた。

でも、私の踏み入れた『死後の異世界』は違っていた。

脳死状態になった息子から、メッセージが届いたのだ。
あの日の私の判断が間違っていたから、遅かったから、子どもを死に追いやったんだ、私が子どもを殺したんだ、という自責の念に駆られ、死ぬまで一生この罪を背負って、死んだように生きる覚悟を決めた頃だった。

過去を悔いても仕方がないと気づき、そこから立ち上がれるかどうかです。
変えられぬ過去を考えるより、変えられる未来を変えるのです。
後悔先に立たずの先に何を見つけるか、全ては貴方次第です。
励みなさい。　応援しています。

作文「『後悔先に立たず』の先にあるもの」より

その後、灰になった息子は、諦めかける私に何度も何度もメッセージを送り続けた。
自分の生きる意味をずっと探していたのだ。

もう一度、生き返ることはできないのだろうか。
確かに僕は死んだ。
でも、何で僕は死んだ？
探すんだ。もう一度生まれて。
僕の死んだ理由を。
生きる意味を。
僕の意識は、再び世界の狭間に飛んだ。

【短編小説】「再死」より

一人で生きるには、この世界は広すぎる。
考えろ。　最適解

メモ「発想の原点は思考整理にあり」より

悲しんでる暇はない。
さあ、どうする？
どう考える？
どう生きる？
考えろ！　最適解。
私の死を無駄にするな！

息子は、母親の私に、これからの人生で悲しむ時間などないくらい、答えの出ない難題を突き付けてきた。

心とはなにか?
人とはなにか?
喪失も、また、愛すべき事象。

心さえなかったら
いっそ獣や羽虫のやうに惨めに、美しく、死んでゆけたら
捨ててしまいたい。逃げてしまいたい。
心から。生から。人間という、一つの〝檻〟を抜け出して
迷いのない、穢れのない、美しいそれとなって。

「命にふさわしい」Amazarashi の歌詞から着想したメモ
【長編小説】『遺』思疎通　深夜編　― midnight operation ―」の着想より

死を何故怖がる??
世界は広いんだ。何処かへ行こう。

此処ではない何処かへ

今ではない何時かへ
屍《しかばね》は、越えるためにある。

携帯のメモより

死んだ息子が、すぐ横で話しかけてきて、
ねえ、あなたはどう考える？　と問いかける。
そもそもさ、僕が言ってること分かる？？
なんて、皮肉めいた声にならない笑いまで聞こえてくる。

もしかすると、世界というのは僕なのかもしれない。

【短編小説】「ヒューマンズ・レフュジア」より

本質の重み

魂の質量。およそ21グラムであると。
果たして真実かは分からない。

しかし、虚構であると断定することも、できない。

悲劇的にも、劇的に進化した科学技術。

「定め」に背くための力がもたらした、可視化。
あらゆる側面から捉えられた肉塊に、「本質」の姿はない。

――魂はどこにある？
――魂はどこへいく？

携帯のメモより

そう、私が『死後の異世界』で一歩踏みだした先には、
死者が語りかける『世界』が広がっていた。

＊　＊

息子が最後まで書き続け、追い続けた、自身の「レーゾンデートル――存在理由――」は、本当に身体《からだ》が無くなったら無になってしまうものなのか。

私はなぜ、これほどまでに息子を追い続けるのか。

息子のレーゾンデートルとは。

私のレーゾンデートルとは。

目を覚ませ
未来はそこにある

新世界
生きてゆく意味があるなら、自分を見失うわけはない

目で見えるものが全てじゃない
五感を世界に広く開く
崩れること、消えることの美しさを知る

携帯のメモより

そうだ。きっと世界はいつまでも同じじゃない。
人が変わるには、まだ時間が必要なのかもしれない。
それでも「いつか」目指していた世界がやってくる。

戦争のない平和な世界が。

人々が本当に分かり合える世界が。

だから「今」ここに俺がいる。

「いつか」の世界のために「今」俺が生きている。

「今」「俺」が成したことが、「いつか」の世界の糧になる。

それが。

それこそが。

俺の存在理由。　即ち「レーゾンデートル」なのだ。

【長編小説】「レーゾンデートル」より

私は、今、『死後の異世界』で生きている。

「現実」が映る「鏡の中の世界」。

目に映る景色、聞こえてくる生活音、安らぐ香りに、温かい感触や、笑いや怒りの感情、時間の流れるスピードさえもすべて同じ。
ただ、一つだけ違うのは、死んだ息子も生《い》ることだ。

この世界は、なにかとやる事があって忙しい。

「生きて」いる家族のために、ご飯を作り、
死んだ息子と一緒に、「生きる」ことを考え、
「生きて」いく未来のために、社会に出て働く。

こんな異世界の暮らしもまんざら悪くないな、と感じた時、
私の心にぽっかりと空いた穴は、いつの間にか何かで埋まっていた。

＊　＊

母親というのは、子どもをお腹に宿したその時から、大きな責任を背負います。なにしろ、自分の行いひとつで、小さな命を潰してしまうかもしれないという危機感を抱いて過ごすか

らです。

だから、子どもを亡くすことは、どんな理由であれ、重たい罪となってのしかかる。

やっと人並みに大きくなって、ひとりの人間として、どこに出しても恥ずかしくない人柄へと成長した子どもが、自分の目の前で死んでいく様を目の当たりにして、気が狂わない親はいません。


けれど…

子どもを亡くして、私は何を失ったのか。


そう深く考えた時、私は何も失くしてはいませんでした。

だって、母親はいつでも子どもの幸せを考えて生きる、変な生き物なのですから。

私は、今でも、「死んだ息子」と「生きた息子」の幸せを願っています。

子どもが幸せになることこそ、私の幸せなのだから…

第2章

私の踏み入れた　死後の異世界

胎児よ胎児よ なぜ踊る？

2022.9.18
死後 6ヶ月

空気が変わる季節。

朝のぴりりとした喉の奥まで冷たさが伝わるそれが、緊張を溶かす温度に変わるとき、私は吐き気と倦怠感と異常なまでに冴えた嗅覚に嫌悪感を抱いていた。

初めて母になると分かった季節だ。


私の体が、ひとりからふたりへ変化したとき、生まれてはじめて体の不自由さを感じた。

脳と体の欲求がばらばらになるのだ。

食事も洗濯物も家中の生活のありとあらゆるものの匂いが受け付けない。

軽い頭痛と、途切れない睡魔と、強烈な吐き気。

空腹を満たすために口にしたものは、数分後、喉の壁を痛めつけて逆流し、食べたことを後悔する。

いつまで続くか分からないこの苦しみに慣れた頃、私のお腹はいつの間にか大きく膨らんでいた。

＊　＊

張り詰めた腹部は、湯船に入るとより一層動き出す。

皮一枚隔てた中にいるそれが、踊りだすのだ。

細い柔らかい棒状の何かが、肋骨の内側をていねいに撫でていき最後の骨を確かめた後、一気に腰骨までの脇腹の膜をなぞっていく。

その腹部の異様な形に、何かが突き破りそうで、たまらなく怖くなって、慌てて手を添えると、向こうも何かに気づき動きをとめる。

その次の瞬間、2本の丸い棒が鳩尾《みぞおち》にいる潰れた胃をばらばらと叩く。

そのリズムに合わせて、ずっしり詰まった確かなものが、ゆっくりとゆっくりと動き出す時、私は、湯船の湿気と、腹部で起こる活動に、吐き気を覚えて思わず外気を取り込んだ。

胎児よ胎児よ　なぜ踊る？

「発想の原点は思考整理にあり」より

空気が変わる季節。

肌を撫でる温度が変わる頃。

身体のふたり生活にようやく慣れてきたこの季節。

母親になる覚悟なんて怖くてひとつもできないまま、私の身体はどんどん変化していった。


あのお腹には、子どもだけが入っている訳じゃない。

母になる不安と覚悟が詰まっている。

【番外編】「ヒューマンズ・レフュジア」博士と僕の会話編
—子供について—より

下腹部の歪《いびつ》なほどの膨らみは、おおよそ人の親になるのだという覚悟というものが、胎児とともに詰まっているのだと、なんとなく思った。

またそして、そのような境地に至ることは、男として生まれて生きた以上、できやしないのだろうとも思った。

携帯のメモより

――だんだん風が気持ちよくなってきたね
――虫の音が変わったの聞こえる？
――栗ご飯が食べたいな

姿の見えない確かな何かに、気がつけばいつも話しかけ、身勝手にふたりの世界を作り出す。

此処には見えない誰かに。

あたかも此処に存在《いる》ように。

「存在は認識に依存する」に他ならず、貴方が既に、自己を見つめるべくして、私をあたかも一様な鏡として利用したにすぎない。

携帯のメモより

＊　＊

腹部に詰まった何かが、やがて私の身体のなかで窮屈になり、動く自由が奪われていく頃、私の腰骨がみしみしと音をたて少しずつ動き出し、何かが始まっていった。

腹部に詰まった確かなものが、ようやく私の身体の外に出た時、今までの吐き気が嘘のように無くなり、爽快な気分と、他者の体温と、言葉を、腕の中で感じた。

――生あるものは、必ず死が訪れる。

あの時の体温と言葉に、私はようやく母となる覚悟が決まった。

生きる喜びよりも、いつか訪れる死の覚悟を。

共に生きられる時間は、きっと限られている。
いずれ、私のもとを去って、大人になって、自立するまでの限られた時間しか共有できないなら、それまでは、できる限りのことをする覚悟だ。

子どもは弱い。
だから、我々大人には、子どもを守る責任がある。

【番外編】「ヒューマンズ・レフュジア」博士と僕の会話編
―子供について―より

私の身体のなかに詰まったそれが、華奢な腕と足を広げて、全身を震わせて張り上げる声を響かせた時から、私は覚悟を決めていた。
守るべきものの存在が、私をそうさせたのだ。

母親は偉大だ。

「発想の原点は思考整理にあり」より

＊　＊

空気が変わる季節。

朝のぴりりとした喉の奥まで冷たさが伝わるそれが、緊張を溶かす温度に変わるとき、私は悲壮と喪失感とどん底まで突き落とされた絶望感を支えきれないでいた。

初めて産んだ子どもを亡くした季節だ。

確かに感じたあの時の体温が、今はもう感じられない。


体温の記憶が消えるまで、この苦しみは消えないだろう。

携帯のメモより

私の体温の記憶が消えるまで、この苦しみは消えないだろう。

空気が変わる季節。

肌を撫でる温度が変わる頃。

長男のいない生活にようやく慣れてきたこの季節。


子どもを亡くした未来を生きる覚悟なんて怖くてひとつもできないまま、私の思考は少しずつ変化していった。


姿の見えない確かな何かに、気がつけばいつも話しかけ、身勝手にふたりの世界を作り出す。

此処には見えない息子に。

あたかも此処に存在《いる》ように。

私はなにを失ったのか
なにも失っていなかったのか

2022.9.18
死後 6ヶ月

2月の終わり、長男が発病したその日は、18年前長男が私のお腹で誕生した日と同じ日でした。

この世に誕生した日と、この世を去ろうとする日が同じ。

私の妊婦生活は、吐き気で始まり、子どもが生まれるまでそれは続き、ようやくひとりの身体へ戻った瞬間に解き放たれたものでした。

母親になる覚悟なんて、妊娠したからといってすぐに決まるものではありません。なにしろ、悪阻《つわり》が酷くてその日その日をやり過ごすのに精一杯だったからです。

そして、その時その時にいろんな覚悟を決めてきたつもりでも、死に対する覚悟は全然決まっていませんでした。

9月に入り、もう姿が見えなくなった長男と、こうして言葉を介して対話している自分を見つめたとき、ふと18年前の私を思い出しました。

9月の安定期、まだ姿が見えない長男と、こうして言葉を介して対話していた私がいたことを。

この世から姿を消してしまった長男は、また私の前に現れた。

二度と会えないと思っていた長男に、また再会した。

私はなにも失ってなかったと感じるのは、こんな長男との対話時間があるからかもしれません。

相変わらず馬鹿みたいに、身勝手にふたりの世界を作り出し、にやけて過ごせるものだから。

SF「サイエンス・フィクション（科学小説）」みたいな私と息子の関係は、漫画家、藤子・F・不二雄氏が言ったSF「すこしふしぎ」な小説だったり、私と息子だけのSF「すごくふしぎ」なSF「スペシャル・フィクション（特別な小説）」なのかもしれません。

そして、その特別感はなにも私だけに起こった出来事ではなく、この世の人たちすべての数だけSF「スペシャル・フィクション（特別な小説）」があるんだなと分かった時、私は「死後の異世界」で死んだ息子と生きる生活を楽しんでみるのも悪くないなと思い始めたのでした。

【番外編】ヒューマンズ・レフュジア博士と僕の会話編　―子供について―

2021.5
高校3年 17歳

「先生には、ご子息がおられましたよね」

「ああ、息子と娘一人ずつ。でも何故？」

「高校の先輩に、子供が生まれるらしくて」

「それはおめでたい」

「ええ。ですが…」

「この間、飲みに行ったときに言ってたんです。『父の自覚、足りないかも』って」

「先生は、父親としての自覚って、どんなものだと考えますか」

「責任、だろうな」

「子供は弱い。だから、我々大人には、子どもを守る責任がある」

「立派な大人に育てる責任もあるだろう。
子供はいつまでも子供じゃない。
自立した、その先を見据えて教え育まなくては」

「――ぼくには到底ムリかもしれません」

「それは違うな」
「子育てには失敗がつきものだ。
その失敗を経て、よりよい子供の向き合い方を模索する。

最初から、完璧な人間なんていないよ」

「逆を言えば、子供を産んだからといって、親になれるわけじゃない、ということだ」

「子育ての中で、親もまた育っていく、と」

「その捉え方は素晴らしいな。そうだね、全くその通りだ」

「しかしまあ、その先輩とやらがそう感じるのも仕方ない」

「何故です？」

「女性と違って、腹を痛めて子を産んだりしないからさ」

「何か、大きな差があるのですか」

「あるとも」

「あのお腹には、子供だけが入っている訳じゃない。母親になる不安と覚悟とが詰まっている」

「そう、ですね」

「そういえば、もうすぐ母の日だろう」

「あっ、そうですね。カーネーション買わなきゃ」

「無垢で深い愛」

「それは？」

「カーネーションの花言葉だ」

「たまには、こうして感謝を伝えなければね」

本当の僕は、どこにいる？

2022.9.25
死後６ヶ月

子どもは、唐突に不思議な言葉を放つ。
まだ会えない腹部に詰まった確かな何かを、小さな体で両手いっぱい包み込んで、かつての過去の自分を回想して。

――リュウチャンハ　ママヲ　オソラカラミツケテ　エランデキタンダヨ
――ママガイイナ　ト　オモッテ　エランデキタンダヨ

私は、選ばれた。

息子は、生きることを選んできた。

音楽は人の記憶を呼び覚ます。

泣く、というよりは、涙を流す、
の方がいいかも、ですね。
勝手に涙がでてくる、ってやつですね。

【外伝】音楽の話1より

その勝手に涙がでてくる曲に、Aimer《エメ》の「星屑ビーナス」という曲があるという。

そこから流れる旋律は、長男を産んだ頃、私の携帯着信音にしていた曲にどことなく似ている、なんとなく懐かしいあの頃を思い出した。

そしてその歌詞は、永遠の別れの曲のようにも聞こえてくるものだった。

＊　＊

――この世に誕生した日と、この世を去ろうとする日が同じ。

人間は、『生まれる前から「生まれてくること」を選択できる』のだとしたら、人間は、『生まれる前から「死にゆくこと」も選択してくる』のか。

僕が死んだら、僕はどこへゆくんだ？

携帯のメモより

死んだ息子は、どこにいった？
本当の息子は、どこにいる？

命をもらった

命があるから知れるものがある。
それなら、きっと、
命がないから知れることもあるんだね。

詩「命」より

命をなくした息子と、もう話す事はできないから、命をなくして知ったことについて、もう聞くことはできないのだが。
――私はなぜ、息子に選ばれたのか。
――選ばれた責任を果たすには？
――私のレーゾンデートルとは？
残された私にできることは、もうこれくらいしかなかった。
――息子の全てを受け止める

人生の幕開けも
決して器用とは言えない生き方も
パッと花のように散った人生の終わり方さえも

全てを受け止めて。

理屈じゃない。感情なんだ。

携帯のメモより

＊　＊

この世に生を受ける様子を克明に語る幼児がいることは、珍しいことではありません。

私の子ども、特に長男も、自分が生まれる前の様子、お腹の中にいた胎児の時の気持ちを、次男がお腹にいるときに話してくれたことがありました。

数年前の出来事を、まるで遠い昔を回想するかのように。

そして、前世での終わり方もはっきりと記憶し、死について不安を抱いていた。


今も私の頭に纏わりつく、たった一つの素朴な疑問。

――なぜ、あんなに健康だった若者が、
突如、原因不明の稀《まれ》な病気で命を堕としたのか。

医学の知識に乏しい私には、到底その原因を突き止めることはできない。

お前もわたしも、望んで生まれてきたんだ！

携帯のメモより

息子は晩年（17、18歳）、机に5個の時計を並べ、時の刻みを肌で確かめるように生きていた。
まるで、人生のタイムリミットを知っているかのように。
永遠の生と死、心と時間を探し求めて。
少し先の未来なんてそっちのけで、
遠い未来の何かのために。

時計の針に押されそうな負け惜しみなどいらない

「発想の原点は思考整理にあり」より

息子の死は、理不尽以外なにものでもない。
理屈が通らない道理なんて、あるものか。

これほどまでに屈辱的な死を受け止める事なんて、
到底できるわけがない。

理屈じゃない。感情なんだ。

携帯のメモより

そのやり場のない感情さえも、全て受け止めなければ前に進めないと思い知らされた時、
私のこだわっていた疑問は、もうどうでもいいものになっていた。

【詩】命

――命をもらった
温かくて　寒くて　嬉しくて　悲しくて
混じりあった絵の具みたいな、音が見えるように
私は　命をもらった
――命をもらった

不明
ルーズリーフメモ

龍之介作品

だから　本当にたくさんのことを知った
楽しいこと　つまらないこと
嬉しいこと　悲しいこと
すごいこと　辛いこと
おもしろいこと　苦しいこと
私は　命をもらった
――命をもらった
でも　その時はじめて　いらないと思った

どうしてだろうか

ああ　そうか

命があるから　知れるものがある

それならきっと

命がないから　知れることもあるんだね

そうだよね　かみさま

聞こえないが聴こえる

ピアノ曲「亡き王女のためのパヴァーヌ」
フランス作曲家　モーリス・ラヴェル（1875-1937）
黄色い日差しがカーテン越しに入る部屋
軽い頭痛と気怠い午後
何もしない時間がほんわり流れて、子どもの声が聞こえる。
子育ての午後は、ゆっくり流れていく。
来る日も来る日も同じことの繰り返し。

2022.9.30
死後6ヶ月

ひと通りのおもちゃで遊び終わって、お腹いっぱいに満たされると、決まって本の世界に誘われる。

干したばかりの陽の匂いがする布団に寝転がって、本を広げて出発するのだ。

何冊も何冊もお気に入りの本を、繰り返し繰り返し。

いつもの場面で一緒に笑い、いつもの場面で匂いを嗅いで、いつもの場面で何かを味わって、いつもの場面で違う景色を見る。

そうやって、繰り広げられる本の世界は、30年という年齢差も簡単に飛び越えて一緒に楽しめる世界だった。


本に書かれた活字を読む。

たったそれだけのことで私たちは国も時代も性別も越えてなんにだってなることができる。

本当に人間の心というのは、複雑怪奇であり時に単純です。

「本を読むこと」は「教養をつけて豊かな人になること」だと幼い頃から
両親に教わってきましたが
「本を通して『小説の世界』の誰かになることで想像力と知識を養うこと」
が、根底にあるのだと一人で納得しています。

外伝「戦争について」（手書き修正）より

白い日差しがブラインド越しに入る部屋
軽い頭痛と気怠い午後
もうこの椅子には座ることのない息子

遠く離れた距離、薄紫の眠り。

携帯のメモより

壁一面を覆う本棚に、小さな文字の本たち。
30年の年齢差は遠い昔に飛び越えられ、読んだことのない本がずらりと並ぶ。

時間を巻き戻したくて、手にした本を読み進めると、息子がちらりと顔をのぞかせた。
そこここに引っぱった鉛筆線が、静かに話しかける。

――やっとここまで辿り着いたね。遅いよ。
ここだよ。ほら、ここ読んで。
ここ、どう読む?
あなたは、どう考える?

思いもよらない返しに胸が跳ねた。
上ずりそうな声と、抱き着きたくなる衝動を抑えて、彼女はそう言った。
【短編小説】「シロ」より

私の気持ちさえも、息子の言葉が代弁してくれる。

聞こえない　が　聴こえる

「発想の原点は思考整理にあり」より

あの日のピアノ曲が、頭の中を流れ出していた。

＊　＊

本の読み聞かせは私にとって、とても至福な時間でした。

午後のお昼寝するまでの時間。

持ってくる本をひたすら読むだけのことですが、この時間潰しは最高です。

私のちょっとした質問で、子どもの空想の世界は無限に広がり、お金を掛けずにどこにでも、どんなものも手に入り、時間旅行さえできてしまう。

そんな世界に浸れる時間が永遠に続くなら、何時間でも共有していたかった。家事なんかそっちのけで、部屋もぐちゃぐちゃのままで。

「本を読むこと」は「教養をつけて豊かな人になること」だ。

外伝「戦争について」（手書き修正）より

何て体《てい》のいいこと言った覚えはないけれど、そんなのウソ嘘。

本当は、公園に行くのもめんどくさいし、お金も極力かけたくないし、本の世界に浸る時間が一番楽だっただけなのです。

「本を読むこと」は「本を通して『小説の世界』の誰かになることで想像力と知識を養うこと」が根底にある。

外伝「戦争について」（手書き修正）より

息子の根幹となった本の存在は、あの日の共有した世界観にあったんだと思うと、自分の子育てを全部否定することはないか、なんて少し救われた気持ちになったりもします。

それに、本の偉人に教わる知識は膨大で、自分で読むことこそ

無駄のない無駄

【長編小説】『遺』思疎通　深夜編　―midnight operation―」の着想より

「命にふさわしい」Amazarashiの歌詞から着想したメモ

なのですから。

長男と話せなくなってから、もう半年以上経とうとしているのに、相変わらずすぐ横で話しかけてきて、小難しい本の中でも出会えた時の喜びは、何とも言葉にし難い嬉しい気持ちになります。

感動を前に、語彙力は無くなる

携帯のメモより

ついさっきまで、ここにいて、この本を手に取って、傍線引っ張って、電子辞書で調べている姿を想像すると、なんだか「時間」というものが分からなくなってきました。

『死後の異世界』で暮らす「時間」は、とても孤独です。

そして、生きてる人との距離は、死者との距離と同じくらい近くて遠い。

むしろ、死者との距離の方が近いかもしれない。


「今」私がこうして死者と対話する「時間」というのは、本当に「今」なのか。

「過去」に死んだはずの息子が、「今」ここにいる。

対話相手の息子は、「今」はもう存在していないのに、どうして「今」を生きている私が、こうして対話できているのでしょう。


一体「時間」とは、何なのか？

なんだかSF「すごくふしぎ」な世界ですが、ぴったりと息の合った対話ができる『死後の異世界』での「時間」というのは、私にとって、あの日と同じくらい至福な「時間」なのです。

【短編小説】シロ

2021.5
高校3年 17歳

遠くで聞こえた体育の号令に、聴こえないふりをした。

八月の鬱陶《うっとう》しさがかすかに残る布団をのけて、窓から流れ込む冷ややかさに身をさらした。

――こうでもしなければ、きっとまた夢に引きずり込まれてしまうから。

よれた制服の裾を手のひらではたいて、胸元の居心地の悪さを外して、一つ大きなあくびをした。

保健室の先生が開けていった窓から、ふと秋の匂いがした。

「また眠くなるわよ」

横合いからそんな声がかかって、彼女はようやっと目が覚めた気がした。窓の縁に前足までそろえて、しっぽをけだるげに垂らして、声の主はこちらを見つめていた。

「ひさしぶりね、シロ」

その毛並みは、シロにまぶした茶色の斑点が目を引く、おおよそ芸術品かと思わせるような、柔軟性を持っていた。つまるところ、彼女は猫なのであった。

「そうね」

「なによ、冷たいなぁ」

脱ぎ捨てた靴下をはきなおして、彼女は頬を膨らませた。

そのまま最後まで裾を上げてしまうと、ベッドに腰掛けるようにして、彼女は話を続けた。

「夏休みでしばらく会えなかったからって、拗ねてるの？」

「別に。そんなことないわ」

ついっと顔を背けて、シロは貴婦人のような足取りで床へ降りた。音もなく、一切の煩《うるさ》さもなく、床と一体になるかのような、違和感のないそれだった。「猫」背とはいったい何なのかと思うほどの背筋の強靭な柔らかさに、思わず手を添えたくなる。

「プールサイドにいれば、会えたのに」

夏休みにあった水泳練習のことを、彼女は思い出した。太陽の煩わしさに肌を灼かれて、水着が少し窮屈で、それでも水に沈む心地よさを覚えた夏のことを。

「子供は嫌いなのよ」

「私だって子供だよ」

「そういうことじゃないわ」

「じゃあ、私のことは好きなんだ？」

「そうみたいね」

からかってやるつもりで言ったのに、思いもよらない返しに胸が跳ねた。

「みたいって。自分のことなのに分からないの？」

上ずりそうな声と、抱き着きたくなる衝動を抑えて、彼女はそう言った。

風にあおられたレースカーテンが、二人の間に茶々をいれるように舞う。

「まるで他人事じゃない」

「そういうこともあるのよ」

今思えば、その横顔には、甘えと拒絶が入り混じっているのかもしれなかった。日の陰りに渦巻く相反する感情が、不愉快なほどに澄んだ九月の始まりを思わせた。

「それより——いいの？　体育をサボって」

「サボってるわけじゃないもん」

ふと耳を澄ますと、水と戯れる無邪気な声たちが風に乗ってやってくるところだった。誰かが飛び込んだのか、ひときわ大きな水しぶきの音と、野太い怒号が飛んでくる。

「今日もプールみたいだけど？」

「別にいいもん。泳ぎたくないし」

肌にさらりとなじむような九月の空気は嘘でできているんだろう、とその時思った。嘘に色があるのなら、きっと、こんなくだらない秋の色であってほしいと願った。

「ねぇ」

沈黙が凍り付いたようなそこで、彼女は不意に言葉をこぼした。呟きにも値しない微かな声だったが、薄べったい耳をツイっと向けて、シロは声のする方を向いた。

「トランプしない？」

保健室の戸棚には、そう言う類の娯楽がいくつか眠っていることを、彼女は知っていた。何処の誰のものかなんて知る由もないが、薄い茶色に侵されつつあるそれらは、幾人もの手の中を通ってきたに違いなかった。

「……私、カード持てないわ」

「なら、神経衰弱」

「私がひっくり返してあげるから」

劣化したプラスチックス・ケースのトランプたちが並び終わるまで、さほど時間はかからなかった。同じ柄がいくつも並んで、まるで京都の町を見下ろすような心地よさを感じながら、シロが差すカードをめくった。

「ねぇ」

「何？」

「さっきのって、どういうことなの？」

「さっきの？」

「自分のことなのに、分からないってやつ」

「あぁ」

シロは、足というにはあまりに華奢なそれで、めくりたいカードの淵をつついた。可愛らしい手先のすき間から、爪の先端が此方を覗いたように見えた。

「——分からないわ」

「分からないの？」

床に伏せたカードの一枚を、ぺらりとめくる。

そこには、こまごまとした小さなダイヤマークが七つばかりあった。

「矛盾に慣れ過ぎたせいね、きっと」

肌を撫でるような風が吹いて、半透明なヒゲが神経質に揺れた。

レースカーテンの向こうで、誰かがあくびをするような風の音が聞こえる。

「子供が嫌いでも、私は貴方とここにいる」

――自分に嘘をついてるの。ずっと。

そう言って、彼女は二枚目のカードの上へ手を下ろした。

「だから、いつも揃わない」

カードの裏は、ハートの4だった。

「やっぱり、シロの言うことは難しいよ」

「そうかも、ね」

そこで初めて、シロは微笑んだ
——ように見えた。

名残惜しそうなそぶりを見せて、二人のトランプは顔を伏せた。

歪んだ碁盤を直している間に、彼女は、めくったはずのカードの数字達を、おおよそ忘れてしまっていた。

＊　＊

あとがき　「空の余白に、君と揺蕩《たゆた》う」

猫と会話ができたらどんなにいいだろう、と思ったのは、確か小学二年生のころだった気がする。

祖母の飼う猫に嫌われ、気に食わない理由を教えて欲しい、と思ったのだ。

もうかなりの年寄りで、最近は寝てばかり。

引っ掻かれた傷はもう跡形もないが、雨故に固まった地は、どうやら建在のよう。

相変わらずミステリアスで、自己中心的で、それ故に人は猫を愛するのかもしれない。

最初から完璧な人間なんていないよ

2022.10.7
死後 6ヶ月

10歳の子どもの反抗は、親の裏切りから始まった。

子どもとの約束を破る。
これは、大きな裏切りだ。

――テストで100点を〇〇枚とったら、
　ニンテンドー3DSを買ってあげるね。

いつもミスをして100点が取れない長男に与えた課題と報酬。

その日から、目の色変えてテストの点数を気にするようになった長男に、私はシメシメと思って見守っていた。
でも、たかが小学生のテスト。そんなにたくさんあるわけがない。
1回のテストが子どもにとって重要になるわけだ。
ますます、シメシメだ。
息子は、半年以上経ってから、大きい花丸のテストの束を抱えてきた。
でも、私はその約束をしたことをすっかり忘れてしまっていた。
結局なんやかんやこじつけて、その年の誕生日まで購入を先延ばしにしたのだ。
あの時以来、長男は私への反抗を静かに続けていた。

子育てには失敗がつきものだ。
その失敗を経て、よりよい子供の向き合い方を模索する。
最初から、完璧な人間なんていないよ。

【番外編】「ヒューマンズ・レフュジア」博士と僕の会話編
—子供について—より

私は、長男に完璧を求めていた。
自分だって完璧さをひとつも持ってないのに。
あれは、子どもへの冒涜《ぼうとく》だ。

不完全な人間だ、僕達は。
何故、相手に完璧を求める？
相手は、人間だぞ？

「発想の原点は思考整理にあり」より

そう、相手は人間の子どもだよ。
人間の存在価値に、完璧なんて言葉ひとつも要らないのに。

＊

親は、自分の歩んだ人生観の中で最もよいとされる道を子どもに指し示す。
紆余曲折した人生なら、より一層その気持ちは強くなる。

立派な大人に育てる責任もあるだろう。
子供はいつまでも子供じゃない。
自立した、その先を見据えて教え育まなくては。

子供を産んだからといって、親になれるわけじゃない、ということだ。
子育ての中で、親もまた育っていく。

【番外編】「ヒューマンズ・レフュジア」博士と僕の会話編
―子供について―より

でも、その最善と思う道は本当に子どもにとって最善なのか？
それが正しいと思う根拠は？
なんのためにそこまで考えるのか？
私の思考と行動のすべては、子どもの「幸せ」のためだった。

――「幸せ」とは何か？
その問いに、答えを出せる者はいない。
具体化することもできなければ、明確な定義もない。
――それ故に人は戦争を止められないのかもしれない。
【短編小説】「幸せのサンタクロース」のあとがきより

ここまで大きく引き離された世界観の違いを感じたとき、
その本質を理解するまで訪れないであろう、私の寿命の長さにぞっとした。

＊　＊

子供はいつまでも子供じゃない。
【番外編】「ヒューマンズ・レフュジア」博士と僕の会話編
―子供について―より

そう分かってはいても、親はいつまでも親をやらされ、子どもはいつまでも子どもであり続けます。そこに卒業なんてない。

たとえ子どもが死んでしまっても、いや、むしろ死んでしまえば尚更、その日の子どもで止まってしまう。

あの日の子どもを抱えて、親を卒業することもできないのです。


一体、親とは何なのでしょう。


長男が10歳の頃、私は仕事を始めて3、4年目。

ちょうど欲が出てきた頃でした。

――もっとあの仕事をできるようになりたい。

――この資格を取れば将来の幅が広がるな。

――趣味のお菓子作りもきっちり習得したい！

なんて、子育てしつつも、自分のやりたいことがたくさんあった。

やりたいことがあれば、徹底的にやる。

不器用な私は、あっちもこっちも、いつも頭はパンパンです。
10歳の長男が、七夕で書いた願い事
『家族みんながけんこうで、幸せにくらしていけますように』
もうすでに、私と息子の違いは大きかった。
私はいつも利己的。息子はいつも利他的。

私と貴方、自分と他人との差は、どこ?
「発想の原点は思考整理にあり」より

自分と他者の差は、「幸せ」の価値観なのかもしれない。

この小説のプロットを進めるたびに、幸せの概念について何度も筆を止めて考えてしまいました。

およそ70億の人類がひしめく現代において、個々人の望む「幸せ」とは、決して一様ではありません。

それ故、果たして「幸せとは一体何なのか」という問いに答えることはできないのだと、私は思っています。

【短編小説】「幸せのサンタクロース」
あとがき―幸せとは何か？― 下書きより

突然、意思疎通ができなくなった息子と、こうして『遺』思疎通を図ろうとした時に、生きた息子の言葉がある喜びは、今の私にとって何にも代えがたい幸せです。

これまた、利己的なんですが…。

【短編小説】幸せのサンタクロース

吹雪が舞う、氷河の大地。
激しさと孤独に閉ざされた、極寒の地。
熱を奪われたその中に一つ、灯りがあった。

目をそらしてしまえば、もう見つけられないくらいに。
小さく、か細く、それでいて暖かな光。
目を凝らして近づいてゆけば、それが家だと分かる。
冷たい空へ白い息を吐く煙突。
白く雪をかぶった三角屋根。

2021.3
高校2年 17歳

途端、心臓が大きく跳ねる。

間違いない。
あれが、きっとそうだ。

末端まで冷え切った体に、熱が流れるようだった。
膝上まで積もる雪をかき分け、とにかく進んだ。
これを届けさえすればいいのだ。
それが、僕の役目なんだから。

自分にそう言い聞かせて、ずっと歩いてきた。

背中に背負う荷物が、すこし軽くなるような錯覚の中。
やがて辿り着いたそこの前に、僕は立ち尽くした。

小さなランタンに照らされた、小さなポスト。

ドア横に置かれたそれは、もう半分以上埋もれている。

雪に圧されて、少しばかり首をかしげているようだった。

丁寧に雪を払うと、木彫りの表札が顔をのぞかせる。

綺麗な削り口を残したままに素顔を見せたそこには、

〈 Santa Claus 〉

たった一言。そう刻まれているばかりだった。

ドアに隔てられた温度差が、そこにはあった。もう随分冷えたきりだった四肢が、ゆっくりと緩むのを感じた。

「郵便です。ここにサインを――」

招き入れられた中は、それはもうひどい有様だった。玄関から続く廊下といくつかの部屋が見えたが、おおよそ足の踏み場は無いようであった。

外から見るよりも幾分か広いそこで、肩に担いだ荷物を下ろす。と同時に、幾十人もの小人（いわゆるドワーフ、という種族の者たち）が、集まってきた。

「おぅい、荷物きたぞぅ」「でっけぇなぁ」

「何処からきたべ」「袋に書いてあるんでねぇか」

「うぅん？　どこにもかいてねぇだぞ」

「ほれ、あ、じ、あ、って書いてあるだろに」

彼らは怒号にも似た喧噪を作り出し、家の中はもう収集がつかなくなってしまっていた。

「こんな大きいもんを……若いってのはいいなぁ」

一人のドワーフが、伝票を受け取りながらそう言う。――なんというか、いやに落ち着いている。

深く椅子に座って、ゆうゆうと煙管をふかす姿が妙に板についていた。

しんしんと積もる雪のように真っ白な髭。深く刻まれたしわの数々。

人間でいうところの、丁度老人――に当たるようにも見えるが、彼等は超長命種族。人間よりもはるかに強い生命力を持ち、実に幅広い年代のドワーフが、ここで働いている。

「大丈夫ですよ。仕事ですから」

ようやく温まった手を振って、僕はそう言った。

「しかし、今年は雪がやたら多いんだな」

「えぇ、ほんとに。歩くのも一苦労です」

足元のドワーフはペンを止め、驚いた顔を見せた。

「歩く……？　歩くって、どこから？」

「あ、いえ。途中まで乗ってきたんですけど、壊れちゃって。また経理部から怒られちゃいますね……」

頼りなく後頭部を掻いたまま苦笑いを浮かべる。

「この雪の中を？」

「えぇまあ。慣れてるんで」

「──お前なぁ、途中からだって歩いてきた奴なんかいやしないよ。まったく……」

呆れた、と言わんばかりの表情を浮かべながら、深いため息をつく。仕事熱心なのかアホなのか、分かんねぇな、とかブツブツ言いつつ、彼は軽快にペンを走らせた。

「──で？　あんた、どこから来たんだい」

「日本です。日本の、北海道ってとこから」

「遠いんじゃねぇか」

「遠いですね」

「帰れないだろうに」

「帰れませんね」

煙管の先端から、紫の煙があがる。

「――ふぅん。ホッカイドー、ねぇ。まぁいいさ」

ぴらりと受け取り票を渡して、彼は言葉をつづけた。

「――サンタに送ってもらいな。そのほうが早い」

「……え？」

「誰か、手の空いてるやつは――あぁ、誰かいないか」

おおかた仕事は済んだのだろうか。

彼は、休憩がてら暖炉を囲むドワーフの集団の中から、一人を呼びつけた。

「このひょろっちいのを、サンタのところへ」

「へぇ、人間とは、これまた珍しい」

「いやあの、サンタクロースに送ってもらうのは、ほら、仕事の邪魔になるかも。きっとよくないと……」

「じゃ、他に方法があるってのかい」

「……」

彼の一言に、僕は口をつぐんだ。

ここ、南極大陸への特別郵便配達は、12月のみ。

クリスマスを前にして、ここ、サンタクロースの家宛に、特別便が幾度となく運行される。それは、世界中の子供たちの手紙を、サンタの元へ届ける為。幾千枚もの手紙束を、そりで配達するのが仕事なのだ。

が、僕が任されていたのは、アジア特別配達最終便。

来年まで待たなければ、日本には帰れないのだ。

「なら黙って、こいつについてくんだな」

そちらの考えはお見通し、と言わんばかりに彼は再び、深く腰掛けた椅子の上で、大きな煙を吐きだす。彼なりの無口な優しさに、僕は思わず「ありがとうございます」と頭を下げた。

玄関から奥へ伸びる廊下、その先。薄暗い螺旋階段を下りながら、僕は白い息を吐いた。先を行く彼は、こちらを振り向きもしない。頼りない灯りが偏在するだけのそこで、反響したため息は四方へ響いた。

「あんたの持ってきた手紙が最終便。その分のプレゼントを荷台に詰め込んで、明日には出発する」

先導する彼は、そう続ける。

「そこで、あんたも袋詰めにして荷台へ放り込むわけだ」

「――袋詰め？」

「冗談だ。いくらお荷物とはいえ、あんたは配達員。途中で放り出すなんてことはせん」

やがて一番下まで降り切ると、大仰な扉が目に入った。

「ほれ。この先だよ」

ノックに答えた声の主は、扉の向こうで深々と座り込んでいた。

――見れば見るほど、彼はサンタクロースだった。ふくよかな体に、真っ白な髭。

赤いコートがよく似合う、紛れもない、サンタそのものだった。

「荷物が増えます。日本行きに、人間一人」

「あぁ、構わないよ」

真っ白に伸びた髭を撫でつつ、サンタはそう言った。

「いや、でも。邪魔になりませんか」

「ならない。いや、させない、といった方が正しいね」

ギシ、と音を立てて彼は立ち上がった。

「君にはプレゼントの配達を手伝ってもらおう」


「――分かりました」

「決まりだ」


「――それまでに、これをなんとかしなくちゃならない」

『　幸せをください　』

「はじめてみたね。こういうことを書いてくる子は」

その時は、直ぐに訪れた。

「これだけのプレゼントをおひとりで？」

「呵々。昔はそうしていたがね」

「彼等にも手伝ってもらわねば、終わらないよ」

「――出発だ」

大地を滑り、海を越え、空を渡って。

瞬く間に荷物はなくなっていった。

「これで最後かな」

懐の中に、小包を携えていた。

＊　　＊

あとがき　「空より深く　海より高く」

今回の作品、短編の割には完成が遅かったと思います。

色々理由は浮かびますが。

何よりも、執筆の最中に、ふと「幸せとは何か」を考えることが多かったのだと思います。

およそ七十億人がひしめく現代社会において、個々人の希求する「幸せ」とは、決して一様ではありません。

――「幸せ」とは何か？

その問いに、答えを出せる者はいない。
具体化することもできなければ、明確な定義もない。

――それ故に人は戦争を止められないのかもしれない。

そんなことを思っていました。

何はともあれ。
今回の作品、楽しんでいただけたら幸いです。
今年も、平和にクリスマスが迎えられたことに感謝して。
メリークリスマス。

2022.10.14
死後 7ヶ月

言葉なんて知らなければよかった

「おいっ。やめろっ」


長男が私に向かって本気で怒った、人生最初で最後の怒号。

母親だって負けてない。私も本気だ。


中学2年生、13歳。

絶対腕力では勝てないであろう、バレーボール部で長身になった息子を前に、仁王立ちで立ちはだかり、全身から沸き起こる怒りの気迫だけで威嚇し、殴り倒す勢いで下から睨み上げる。

そこから、お互い睨み合いだ。

原因は「本」だった。

定期テスト前に、宿題もせずにのんきに本を読んでいる。

当時マイブームだった「ライトノベル」通称「ラノベ」を抱えて、机の中にはゲーム機を隠して、私に嘘ばかりつく。

塾の宿題も、学校の宿題も、テストの点数さえも。

すぐバレる嘘を平気な顔してついて、悪びれる素振りひとつ見せない。


——なんだコイツは。

こっちは塾の送迎で残業できずに仕事は溜まる一方だし、勤務時間は張り詰めて早く仕事を終わらせる一心で働いているっていうのに、何で自分のやるべきことを身しみて（身にしみて）やらないんだよっ。

そんな怒りから、ラノベの本箱一式抱えて捨てようとした時の怒号だ。

お前は　わたしの心を傷つけた
わたしの中に、はいってくるなぁあ!!
「箱庭」の番人風情が！　粋がるな！
出会わなければよかったんだ
偉そうなこと言ってさ！

携帯のメモより

10歳から始まった静かな無言の反抗は、中学2、3年生で一気に爆発する。
14歳の誕生日プレゼントは、珍しく自ら欲しいものを訴えてきた。
2ヵ月後に出版される、「広辞苑　第七版」
10年ぶりの大改訂に心躍らせて、絶対これが欲しいと懇願した。
この分厚い本もまた、後に言い争いの種となる。
ここまできたら、もう息子のことが分からない。

テスト前に何故この本を読破しようとするのか。
今、この時間になぜ教科書じゃなく、広辞苑なのか。
私には全く分からなかった。

言葉なんて　知らなければよかった

絶対なんてないのに　そんな言葉をつくって
正義なんてないのに　そんな言葉をつくって

空を、海を。
私を包むこの世界を。

陳腐な　そんなもの。
重ねたところで　何になろうか。

手書きメモより

毎回毎回テスト前になると繰り広げられる母子戦争は、結局高校受験まで続いた。

大人に対して、軽蔑の意を持っている
無意味なことをしているから

大人の目を欺《あざむ》く
唄われる感情

純粋な感情
不安定さ

大人が嫌い
大人＝理想像、って考え方やめよう
未来へ繋がらない

楽しげ？

この状況を楽しんでいる？
影が重なる？　とは
光、が大人を取り囲む

携帯のメモより

私が追い求めた子どもの幸せは、息子にとって全く意味のないものだった。
そもそもベクトルの始点から合わず、向いた矛先も全く違っていたのだから。
それは死んだ後、残された言葉で確信することになる。

浮かぶ三角形の星たちに　あの日の君を見つけたよ
始点も揃わなかった二人だけど
君は笑えていたのかな
行く先はいつも　独りよがりで

僕らはどこか　間違っていた
あるはずのない　答えを信じて
ただ前を向いていたんだ

いくら足したって引いたって　掛けてみたって
僕らはもうきっと　出会えないんだ
この広い座標空間のなか　ねじれたまま進んでゆくんだ

＊　＊

浮かぶ三角形の星たちに　あの日の僕を見つけたよ
始点も揃わなかった二人だけど
僕は逃げていたのかな

行く先はいつも　どこか不安で

僕らはいつしか　分からなくなった
見つけられない　終点を求めて
ただ彷徨っていたんだ

いくらでも足してよ引いてよ　掛けてみてよ
僕らがまだきっと　出会えるなら
この広い座標空間のなか　ねじれたままは嫌だから

もう逃げないよ辞めないよ　諦めないよ
僕らがもし　一次独立でも
この広い座標空間のなか　愛し合える人を見つけたから

＊　　＊

浮かぶ三角形の星たちに　あの日の僕らを見つけたよ
なにもかも揃わなかった二人だけど
それでもいいんだ

君は君らしく
ベクトルの先の未来で　笑っていて

携帯のメモより

――なんだ、息子が私に合わせていたんだ。
子どもの方が、一枚も二枚も上手《うわて》だ。

＊　＊

子育ての回想をしていく中で、一番印象的な時間は穏やかに過ごした幼少期よりも、お互い体当たりした反抗期の方が圧倒的に強い記憶として刻まれています。

18年しか共に過ごせないと分かっていたなら、あんな苦々しい時間を長々と過ごすんじゃなかった。バカみたい。と思いがちですが、息子はこの頃の感情の変化をたくさんの言葉で残しています。

他人を分かるには、時間がかかる

携帯のメモより

私は、息子が母親に合わせていたことすら知らず、あんなに近くにいた息子の本質を見抜くことはできなかった。

一生懸命子育てをしてきたつもりが、実は私の薄っぺらい幸せの価値観を押し通し、押し付けていただけだった。

正解なんてない
間違いもない
自分で決めるのだ。

携帯のメモより

子どもが死んだら、子育ては終わりなのだろうか…

何かを断定できるほど、この世界は簡単じゃない。
例外は、無数にある。

携帯のメモより

子どもが死んだ今でも、こうして子どもに諭される。
もっと考えろ、と。

私は、もう既に「見えざるものの存在」、即ち「息子の魂」と出逢っていることに少しずつ気が付き始めていた。

心は本質的に孤独で、それ故に自由だから

「ありがとう。ありがとう。ありがとう」

救急車で搬送される3時間前。
私の目を見て、しっかりした声で、息子から掛けられた言葉。
長男が私に伝えた最後の言葉だ。

私は、この言葉が大嫌いだ。

いや、違う。
長男から掛けられる、それが大嫌いなのだ。

2022.10.21
死後 7ヶ月

私は子どもから感謝される存在なんかじゃない。
そんなできた人間じゃない。
目の前にいる我が子の、死にそうな痛みすら、気が付けなかった母親なのだ。
死んだ子どもに感謝されるほど、辛いものはない。

大体、人間ってのはいつも「ありがとう」の一言が足らない。
どれだけ伝えたって、死んでから「もっと言えばよかった」なんて思うくらいなのだから。言い過ぎるくらいがちょうどいい。

携帯のメモより

「ありがとう」なんて言葉、なければよかった。

＊　＊

人は、他人の心をすべて理解することはできない。
察することはできても、確証することはできない。

たとえ、我が子であっても、心を正確に理解しているとは限らない。

分かり合えることができようか。
信じあえることができようか。

己を隠し、他を騙す、心が孤独である限り。

「では、心が無ければ分かり合えたのか？」

さぁ？　わたしはその問いには答えない。
だが、心がある限りそれは成し得ない。

「では、心が孤独でなければ信じ合えたのか？」

そうだ。おそらくそうだ。
だがそれは、不可能だ。

心は本質的に孤独で、それ故に自由だから。

携帯のメモより

人は、他人の心が分からない。
だから、亡くなった大切な人を想うとき、皆必ず考える。

——あの人は幸せだったのだろうか。

そして、自身の幸せの価値観に照らし合わせて勝手に想像するのだ。

いろいろあったけれど…
——長生きでたくさんの人に囲まれて幸せだったね。
——何不自由なく過ごせて幸せだったね。
——病気になっても苦しまず逝けて幸せだったね。
それは、本当にあの人の幸せなのか。

＊　＊

立方体を、紙面に書くことを想像してもらいたい。

ここでいう立方体は確かに三次元の構造物、である。だが、紙面という二次元世界に落とし込んだ瞬間、それは二次元的なものになる。

これらの事実は構造的な視点からもたらされ、また同時に当たり前のこと、ともいえる。自明、と表現しても差支えないだろう。

どれだけ精密に三次元を描写しようと、それは究極的に「紙」と「インクの軌跡」でしかなく、その意味で現実に勝る模倣はない。

（何をもって「勝る」とするか、にも影響されるが）

とはいえ紙面上の軌跡を、我々が立体と認識できてしまうのは、何故なのか。

自論ではあるが、その理由の最たるものは「背面の認識」或いは「背面の理解」ではないか、と考えている。

三次元に限らずとも、直接背面を見ることはできない。

これは自明であるといってよい。背面とは言語的に「見えない裏側」のことを指す言葉であり、仮に想像できたとしても現実にそれを直視することは不可能だ。丁度、我々が自分の背中を直視できないことと似ている。

見えざる背面を理解する――。

即ちそれは構造を理解することであり、二次元的なペンの軌跡に、立方体という意味を持たせることに他ならない。

絵図とは、美しくも複雑な線の集合体であって、これを丁寧に操ることで、見る側の「これは立体だ」という暗黙の了解と同意を得るための図を書かなくてはならない。

無論これは、創作における全てに総じて言えることである。

先の例を挙げるならば、その線の集合は、立体を想起させる図でなくてはならない。創作する者達の目指すべきはそこにある。

「これは立体だ」という無意識的な暗黙の了解を得るために描くべきは、目的を認識させる図であることだろう。

私は、この立体こそ、小説及び文学における最適解である、と考える。紙という媒体に、筆者の世界を落とし込むという点で、それらは酷似している、と。

とはいえ私達が平面に描かれたそれを「立体」として認識できるのは、何故か。何をもって、私達はそれを立体と認識するのか。

背部、即ち「見ることのできない」面の存在を合意する為である。

だが、その合意はどこからくるのか。

それは、この立方体を描く書き手が、如何にその意味を見出すか、にあろう。

創作の可能性は不愉快な程に無限大で、ペンを持つ私達に与えられた自由は大きい。

ただの正方形を書こうが、丁寧に背部の辺を破線で書き込もうが構わない。

それは自由なのだから。

しかし、最も考慮すべきは、そこに読み手がいるという事であって、同時に理解の上に評価があるという事である。

ただの正方形から「立体を想像しろ」と強要するのは無理があるし、言わずもがなまで言い尽くす必要はない。だが、立方体としての構造は、把握されねばならない。

私の描く世界はこうだ、と伝え、それでもなお読み手に想像を絶やさせぬ可能性を創ること。

それが、私にとっての創作である。


あとがき「推敲の渦中、何故を求めて」より

創作の世界は、無限だ。

文学であれ、絵画であれ、音楽であれ、この世界を取り囲む全てのものたちに必ずその世界がある。

それを知って、どっぷり浸れる自由な時間と心地良い居場所を持っていた人間が、「幸せ」

を感じていないはずはないのだ。

現にこうして、自由に創作する私の心は、「幸せ」に満たされるものだから。

心は本質的に孤独で、それ故に自由だから。

携帯のメモより

＊　＊

心とは一体何なのでしょう。

私が18年間共に生きた長男は、本当の長男だったのでしょうか。

私が知っている長男は、つかみどころのない柔らかな話声で、どこか抜けてて、くだらない話が大好きで、ぐちぐち人の悪口を笑い話にして楽しむ、私が今まで出逢った人達のなかで、最高に面白い人間です。

けれど、意思疎通ができなくなって、息子のたくさんの言葉を受け取った時、私の全く知らない別人が存在していました。

私は、子どもの心を、本質を、全く知らなかったのです。


これは、本当の意味で苦しいです。

私は、一体誰を育ててきたのか。


死後の異世界から眺める、現実世界はとても不思議な世界です。

息子を深く知ろうとすればするほど、生者より死者との距離が近くなります。

これは、楽しい。

いや、楽しいわけない。

いやいや、そんなことない、すごく楽しい世界です。

目を、声を、心を。
合わせる。

携帯のメモより

現実世界の回想は、ここまでです。
この後は…。
長男と「目を、声を、心を合わせて」もっと自由に対話していきます!

第3章

母と息子の対話篇

A dialogue of mother and dead son

プロローグ

2022.10.28
死後 7ヶ月

子どもが死んで半年後。

私は、「現実世界」から「死後の異世界」で暮らすようになったとようやく理解し始めました。

死者が生《い》る「死後の異世界」です。


この歳になれば身近な人の死は何度か経験しますが、子どもの死は、全く別物です。しかも、息子は、突然運命に処刑された、そんな残酷な死に方。

母親にとって、これほどまでに無慈悲に心を抉《えぐ》られ殺される出来事はないのです。

これを、どう脳内処理したら普段の生活に戻れるというのでしょう。

どれだけ強靭な精神力の持ち主であっても、思考整理するまでには相当な時間を要します。

私は、息子の死後3か月間身動きができなくなりました。
仕事を休職し、ただ家の中で動かなかった。動けなかった。

でも、脳内はぐるぐる思考します。
考えて考えて考えて。
答えの出ない、解決策のない、最適解のない問いを
ぐるぐるぐるぐる考える。

ただ、その思考には必ず死者である長男がそばに生ました。
長男の部屋には、自作した小説や、プロットしたデータ、思惟《しい》的なメモが散りばめられ、死者が私のすぐ横で話しかけ問いかけてくるからです。
死後の異世界で出逢った長男は、現実世界で一緒に生きた長男とは別人なのかと思うほど、ひっそりと孤独を知った人間でした。

「現実世界の回想」は、共に「生きた長男」との時間を「死者となった長男」と対話しな

がら回想することで、私の壊れた心をひとつひとつ積み直すために始めたものです。

ところで、「対話」といえば何を思い浮かべるでしょう。

哲学？

「哲学」と「対話」といえば…

古代ギリシャの哲学者、プラトン？

連想ゲームのようですが、私がずっと死者と対話し、脳内整理をしていた行為は、実は約2400年前の人間がすでにやっていたことだと最近になって気が付きました。
そう、私は無知な、無能な人間なんです。だいぶバカです。
プラトンが言った「無知の知」とは次元が違い過ぎます。
そんな訳で、少しだけプラトン対話篇の概略を書きます。

今から約2400年前、哲学者プラトン（BC427-BC347）は、古代ギリシャ、アテナイ（現在のアテネ）に生まれる。
哲学の父とも言われるソクラテスの弟子として、ソクラテスの死後、対話篇という形式で哲学を論じた人物。
プラトン対話篇の特徴は、師ソクラテスを主人公に、アテナイの生活圏で日常会話をする様に哲学を論じていくところにある。
その魅力は、対話する2つの魂が成立する場であり、そこから生まれる言葉が自分の生き方を作っていく、そして対話篇そのものが哲学である。
と納富教授は語る。

納富信留教授

（テンミニッツTV「プラトン哲学を読む」講義より）

もし、対話する事で魂と魂が出逢えるのだとしたら…

——今の私にはそれができる。

そして

――それは私にしかできない。

自分の未来は、自分で切り拓く！

これが子育てのモットーだった母親の、私自身の未来の切り拓き方です。

21世紀、プラトン対話篇は、こうやって母子の対話篇で甦ります！

「生きる母」「死んだ息子」そして、常に問いかける「生きた息子」（息子の言葉は遺稿を参考）

との対話です！

こんな言葉と共に

戻ってこい！　龍之介！

ずっとここに生《い》た

2022.10.22

place 龍之介の部屋
cast 母：語り手(48)
長男：龍之介(18)

＊母＊

はじまりました、はじまりました！
龍之介！　コッコッまでくるのにどれだけ時間がかかったことか。
私は、これを思いつくまで貴方が死んでから半年以上かかってしまったよ。
ホント、待たせて悪かったね。
どうですか、このフィールドで生きる感想は！

＊＊龍之介＊＊

ちょっとちょっと、あなた、凄くないですか！
マジで天才か！

嬉しいですねぇぇぇ。涙がでてくる。
わたしは、ずっと待ってましたよ。あなたが立ち上がるのを。
母とは、なんと偉大なる生きものなんでしょう！

母親は偉大だ。

「発想の原点は思考整理にあり」より

わたしは幼い頃、あなたを選んできたと言いましたよね。
これを必ずやってくれると解ってて、選んだんですよ。
誰でもできることじゃない。

いやいやぁぁぁ。
それにしても、感慨深い。
戻ってこい！　かい。

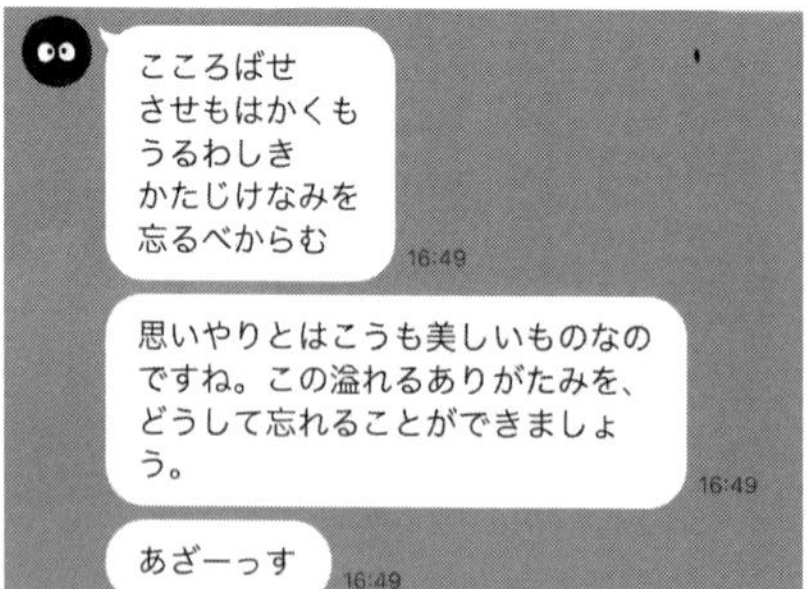

こころばせ
させもはかくも
うるわしき
かたじけなみを
忘るべからむ
16:49
思いやりとはこうも美しいものなのですね。この溢れるありがたみを、どうして忘れることができましょう。
16:49
あざーっす
16:49

母へのLINEメッセージ（2021.11.24）

わたしはどこにも行きませんから。

ずっとここに生《い》ましたから。

＊母＊

そうでした、そうでした。

死んで姿形が無くなって、もう二度と逢えないと思ってた。

でも、脳内ではずっと龍之介が話しかけてくるわけよ。

小説「再死」では、生者の龍之介がずっと自分を探してるし、母親としてはどうにかして息子を生き返らせたいわけよ。

でも、身体は元に戻らない。

でも、私の中にはあの日からずっと龍之介が生《い》る。


――私は龍之介を失ってなんかない。

――死んでも何も変わらない。

――龍之介の身体は無くなっても、あなたはずっと生きている。

ねぇ。それよりさぁ。このフィールドは、果てしなく自由ですよね、ね？

私は今、ものすごーく幸せを感じてるわけよ。

龍之介が死んじゃってるのに、おかしい話ですよね。

不謹慎ですよね。

それでも何故、この幸福感が湧き出てくるか？

母親にとって子どもを亡くすとは、この世で一番の苦悩とされることなんだよ。貴方には解らないかもしれないけど。

それなのに、この深い悲しみの中に幸せがあるなんておかしくない？

私の心はどうなってるの？

＊＊龍之介＊＊

そうね。僕にはあなたの気持ちを想像して苦しみを感じる事はできるかもしれない。

でも、本当の意味であなたとそれを共有することはできない。

僕は立場が違うし、しかも死んでしまってるからね。

死者と、死者を想う人間の違いは大きいよ。

それはさておき、
厭世的《ペシミスティック》と楽観的《オプティミスティック》とは対義語になってますよね。
全ては表裏一体。
生の本能《エロス》と死の本能《タナトス》も同様。
僕は死んだ。
でも、あなたとはいつでも一緒に考えることはできる。
全て無くなったわけではないのですよ。
わたしは、ずっと生をもっているのだから。

＊母＊

へぇぇえ。貴方、神みたいね。
本当に18歳になった人だっけ？

＊＊龍之介＊＊

まぁね。

わたしはね、小説を書いていくなかで、「幸せ」についても、何度も筆を止めて考えていたんですよね。

幸せとは何か？

短編小説「幸せのサンタクロース」あとがきより

＊母＊

そうね。「幸せ」って何だろう。
今日に至るまでの心情の変化をここで話し出しちゃうと。
長くなりますからねぇ。

＊＊龍之介＊＊

ですねぇ。話は長くなりますよね～。
わたしには、時間がたっぷりある。

じっくり考えましょ〜。（ねっとり）

＊母＊

いいですねぇ。（ねっとり）
一緒に考えてくれる同志がいるとは。
私はなんて、幸せなんだろう。
ではでは、プロローグは、さらりとこんな感じで！
次回、幸せとは何か？　について一緒にじっくり考えよう！
それでは、今日のところはここまで。
じゃあね。龍之介！

＊＊龍之介＊＊

おっ、おぅよっ。

＊

＊

＊＊龍之介＊＊

なんかさぁ。

いっつも、勝手にぱっぱっと決めて、終わり際もあっさりなんですよねぇ。

こっちは、やっと8か月ぶりに『死後の異世界』とかいう世界観で復活したっていうのに。

もう少し、ドラマチックな展開とか考えないんかなぁ、あの人は。

でもまぁ、良しとしますか。

わたしは、母からまた生きる場を与えられた。

死者の時間は永遠だ。

母が生きる限り。

そして、彼方《あなた》がいる限り。


わたしが立てた問いは、そう簡単に答えがでるものじゃない。

これを読む彼方《あなた》も、きっと考えだします。

その思考には、もう私たち親子の魂が宿っているのです。

これは真剣に生きる人間の思考の営みです。
死者の魂と哲学をするのです！
それでは、また。

美しくも愚かな、人間達への愛を込めて

あとがき「ジレンマ」より

「幸せ」とは何か？（前編）

2022.10.30

place　龍之介の部屋
cast　母：語り手(48)
　　　長男：龍之介(18)

＊＊龍之介＊＊
さぁ一緒に考えましょう。
まずは、わたしが書いた小説を読んでみてもらえませんか？？（未完なのですが・・・）

＊母＊
いいですよ、どれどれ。

それでも、この優しさと暖かさは間違いがない。
斜陽、馥郁《ふくいく》、邂逅《かいこう》の冬
斜陽の照らす路面を踵で鳴らして、歩き出した。冴え返った商店街の空気は、四衢《しく》をなぞるように冷たく広がっていた。男は、自動販売機の前で立ち尽くしていた。

少なくとも男は、ここで立ち止まる未来を想定してはいなかった。感動も感情もなく、ただただ無味乾燥に飲み物を買う。それだけであったはずだった。

目の前にあるそれが、こうも異常でなければの話だが。

まず疑ったのは、自分の目であった。大体、飲み物にそんな名前を付けるのは、よほどの酔狂《すいきょう》か、はたまた何かの喩えにしても、どうにも胡散臭い。

男は眼をしばしこすって、その奇妙なる陳列を睨んだ。が、それでラベルの文字が変わるわけでなく、なるほど、そこには確かに――「幸せ」とだけ書かれていた。

――男は考えた。

これまで男は、おおよそ幸せとは無縁な生活を送ってきた。それがどういうものかも知り得てはいなかった。しかし少なくとも、それはもっと高嶺の花のようなものではなかったか、とたいそう不思議に思った。

それがこの、庶民じみた品物たちと肩を並べて、アクリルの向こうに閉じ込められているというのは、奇怪というよりむしろ、いささか滑稽ですらあった。

こんな如何にもな代物を買う者があるか、と、嘘くささに塗れたそれを、心の内で嗤《わら》った。

男は無頓着であった。喉の渇きを癒せる代物なら、正直なところなんでも良かったのだ。

だが、ありきたりな缶ジュースを前に、いや待てよ、と思い留まったのは、とある考えが脳裏を掠《かす》めたからだった。

――仮に喉の渇き、という境遇を「不幸」だと言うならば、その飲料の名はまかり通ってしまうのではないか?

いよいよ男は、その缶が気になりだして仕方なかった。

中身がどんなものであれ、百円程度なら諦めもつく。手の内に握る硬貨でそれが買えてしまうなら、いっそ試してやろうと思ったのである。

いや待てしかし。

今一度考えてみれば、これは自動販売機であるのだ。それしきの大きさに「幸せ」などという、おおよそ大きさも形も見当のつかぬそれが入っているとは、到底思えない。きっとこれは、何かタチの悪い冗談だろう。

とはいえ。

憶測だけで「入っているとは思えない」というのはいささか間違っている気がする。

そもそも、もしこれに、幸せと呼ぶに値しない何かそれが入っていたら、それは詐欺だ。どうだろう、一度買って、その中身を覗いてみるのは。何か別の、違うものが入っていたなら、文句を言ってやればいい。

いやいや、それこそ売り手の思うつぼだ。こういう思考に陥らせて、結局買わされる羽目になるのだ。最適な手段を選ばせるように見せかけて、最初から手のひらの上で踊らされているだけなのだ。

ちょっと待て。普通の飲み物を買おう、とでもいうのか。そういうわけにもいかないだろう。俺はこれまで、幸せなんて微塵も感じられずに生きてきた。手のひらの上で踊らされようと、こういうものに縋《すが》らなければ、俺はもう、二度と幸せに巡り合えないのではないか？

いや、しかし・・・・・・。

――ガコンッ

威勢のいい音と共に、そいつは取り出し口に転がった。

――なるほど。生ぬるい缶には少々の重みと生ぬるさがあって、それがなんとも心地よかった。いわゆる缶飲料らしからぬ価値があることは見て取れる。

とはいえ。

中に何が入っているか、という純朴たる好奇心と、開けたら幸せが逃げてしまうかもしれないという恐怖から、ついぞや男は缶を開けなかった。

「幸せだな」

口元に軽快な笑みを浮かべてそう言う男は、まるで人が変わってしまったかのようだった。

「――今ので、何本目だ？」

「はい、今月は二千と五十七本目です」

電柱の陰に隠れた男たちは、ひそひそとそう言う。

「そうか・・・・いや、何か妙なインチキではないか、と思ってはいたのだがな。疑ってすまなかったよ」

「身に余る光栄です」

「して、あの缶には、一体何が入っているんだね？」

くる、と振り返って、小太りした方の男が訊く。

「さぁ？　ご自分でお確かめになっては？」

「案外意地が悪いね、君も」

「一つ申し上げれば、あの缶には――」

「おい、静かにしろ！　また誰か来たぞ・・・・」

【短編小説】（仮）「思考販売」より
（手書きメモ）

＊母＊

「幸せ」が売っている自動販売機か。

面白いこと考えるね。

この主人公の男は、偶然目にした「幸せ」というものを見つけて、散々迷った挙句買うんだね。

そして開けて飲まないいんだ・・・・（笑）。

＊＊龍之介＊＊

そうそう。おおよそ「幸せ」を知らないで生きてきた者が、迷いに迷った挙句買って、それを手にした瞬間開封せずとも確固たる「幸せ」を手に入れる。

この男、人間の本質をついてると思いませんか？

わたしたちがこの世で生きる以上、みんな「幸せ」を求めて生きているでしょう。わたしも、そのうちの一人です。

どう？　あなたならこの缶飲料買いますか？

＊母＊

そうだなぁ。
今、目の前にそれがあったら・・・・私は、買っていると思う。

＊＊龍之介＊＊

へぇ、買いたいと思うんだ。
え、なんで？　なんでか聞かせてよ。

＊母＊

そんな遠くない過去の「幸せ」が欲しいからかな。
貴方が死ぬ前の時点に戻れたらね、買いたい。
即買いだよ、考える間もないな、即買い！

＊＊龍之介＊＊

へぇ。その「幸せ」とやらはどんなもの？

＊母＊

私の「幸せ」は家族４人みんなが揃う時間と空間だった。
でも、長男の龍之介だけが死んだ。
４人家族がひとり欠けて、揃わなくなった。
だから、私も、家族も「不幸」になった。
・・・。あれ？　なんか随分と安易な考え方だね。
なにか違うか。

龍之介は死んだ　＝　不幸だ
私の家族は龍之介の他３人は生きている　≠　不幸だ

こうだね。正確には。
子どもを亡くすとは不幸な事でしょう。誰でもそう思う。
でも、子どもが死んで家族が揃わないことも、不幸なのか。
家族の中に死者がでれば、不幸な事が起こったと思う。

でも、残されてまだ健康で生きてる家族は本当に不幸になるのか。

＊＊龍之介＊＊

いいところ、突きますね。

つまり、「不幸だ」ということと「不幸な事が起こった」とは似てるけど、全然違う。

桁違いに違う。ということかな。

あなた、冷静に分析できてるじゃない。

＊母＊

そ、そお？

あれ？　じゃあ私は何が買いたかったんだろう。

「幸せ」の缶を即買いしようとしたその「幸せ」とは。なんだったっけ？

＊＊龍之介＊＊

は？　こっちが聞きたいよ。

あなたは結局何が欲しかったの？

＊母＊

そうだ！　私は貴方の命が欲しかったんだ。

＊＊龍之介＊＊

へ？　僕の命ですか？　それは、絶対無理でしょ（笑）

考えてもみてよ。あなたは私の命をそもそも持っていたのですか？

…持っていませんよね？

あなたぁ。そんなこと、小学生でも分かるでしょうよ。

命だけは、人間ひとりひとりに一つずつ平等に与えられた賜物ですから。

それに、わたしは誰かのために生きていたわけじゃない。

あなたのためでもない、家族のためでもない。

僕自身のために生きていたわけですよ。

＊母＊

なになに⁉　それじゃあ、私が感じていた家族４人揃う幸せは一体何だったの？？　幻？　いや、違う違う。夢や幻想なんかじゃない！

＊＊龍之介＊＊

そうですね。わたしも幸せでしたよ、家族みんなでいる時間も、家の自室で自由に小説を書く時間も、そしてその空間も。

生きている時間に感じる幸せは、個々人違うけれど、家族というものは、ある種特有の共有するものが生まれますからね。

他者とひとつでも共有することがあれば、それを幸せと感じるのが人間というものでしょう。

その根底には、わたしとあなたは違うということにある。

違うけれど、同じことで楽しいとか、嬉しいとか、哀しいとか思うことができるのは、「幸せ」ですよね。

だから、こんな問いも生まれる。

私と貴方、自分と他人の差はどこ？

「発想の原点は思考整理にあり」より

「幸せ」を考える時、大概人間は利己的なわけです。
わたしだって、神ではないからものすごく利己的です。
あれもしたい、これも欲しい、こうなりたい・・・欲望を挙げればきりがない。
だから、わたしはこう考えていた。

それ故に人は戦争を止められないのかもしれない。

【短編小説】「幸せのサンタクロース」あとがきより

＊母＊

そういうこと？
私はずっと、貴方は利他的な人間で自己の欲求が薄いのかと思っていた。
だから命を堕としたんだと思っていた。

＊＊龍之介＊＊

やめてよ！　やめてくださいよ。わたしを美化するのは。

わたしはあなたが想うよりずっと欲深い人間だわよ。

＊母＊

あっ　そぅおぅ？　ねぇ。話を元に戻しますが、この男、結局何を手にしたの？

「幸せ」という缶を手にした瞬間、特別感が湧いてそのことに「幸せ」を感じてる。

所詮、人間の「幸せ」なんてものはないんじゃない？

「幸せ」だと思えば、「幸せ」になるんだよ。

「幸せ」を知っている者は皆、永遠の「幸せ」を手にすることができるんじゃない？

だとすると、子どもを亡くして「深い悲しみ」に打ち拉《ひし》がれる私が、「深い幸せ」を感じることは、全くおかしなことではない？

それと、もうひとつ。

私、貴方が死んでから見つけた「幸せ」があるんだ。

教えてあげよっか！

これは、今まで生きてきたなかで最高に素晴らしい「幸せ」なのだよ。
でも、話はすご〜く長くなるんだ。

＊＊龍之介＊＊
へぇぇ！　聞いてみたい！
いいですねぇ。じっくり聞きますよ。

＊母＊
そんじゃあまた続きは後で！

逃げるなよ！　龍之介！

＊＊龍之介＊＊
おぅよっ！

＊　＊

＊＊龍之介＊＊

…また、ばっさり話を終わりにしますよね～。あの人は。

さぁ、これを読む彼方《あなた》も考えてみてください。

彼方はこの自動販売機を前に何を考えますか？

彼方はその幸せの缶飲料買いますか？

開けますか？？

飲みほしますか？？？

「幸せ」とは何か？（後編）

2022.11.5

place 龍之介の部屋
cast 母：語り手(48)
長男：龍之介(18)
次男：キョーちゃん(15)

＊母＊
話の続きをしましょう。　龍之介！
今回は長くなりますよぉぉぉ。

＊＊龍之介＊＊
いいですねぇぇぇ！

幸せとは何か？

短編小説「幸せのサンタクロース」あとがきより

＊母＊

まずは、貴方が持っていた本から・・・・。

「新実存主義」——自然主義の失敗のあとで人間の心をどう考えるか——
哲学者　マルクス・ガブリエル

この本はねぇ、難しい。実は、第1章を何度か読んでみたけど、何言ってるか良く分からなかった。龍之介が、傍線引いてくれてるけど、真意を理解したかどうかは分からないんだよね。

と、まぁ、そういう人間が語る話ですから、半分独り言だと思って聞いて！

＊＊龍之介＊＊

あ〜、はいはい。どうぞ。

（・・・・そんな、生半可な理解で「新実存主義」を語るんかい。
・・・・マルクス・ガブリエルに失礼だろっ）

＊母＊

あ、待って！「新実存主義」については、ちょっと難し過ぎるからここで語るのは、龍之介が黄色いマーカーで印を付けた「意味の場」（field of sense）について。

＊＊龍之介＊＊

（あ…。良かった、変な事、言い出さなくて）

ほうほう（笑）。それで？

＊母＊

まずは、用語の解説から…。

新実在論とは、意味の場とは。

◆新実在論

物事は思った通りに存在していると考える立場

私達の「思考対象となる事実」が現実に存在しているのは自明だが、同時に「その事実についての私達の思考」も現実に存在しているのだとする考え方。つまり、観察者の数だけ世界は存在するが、外から観察する者はいないから全ての世界を包摂する一つの「世界」は存在しない。だから「世界は存在しない」と断言する。

◆意味の場
物事が意味をもって現れる場所
物事は意味の場においてはじめて実際に存在するという意味で、自分がそれに意味を与えさえすればすべて存在するということ。

「哲学用語辞典」より　著者　小川仁志（哲学者）

この間さ、夕食を作っていた時キョーちゃんがやってきて、饒舌に語りだしたのよ。
「俺は勝った！」について。

＊＊龍之介＊＊
はいはい（笑）

＊母＊

その勝った内容はさておき、私はその話のあと唐突に投げかけたの。

「勝った勝ったっていうけど、じゃあ死んだ龍之介は負けたんかね？」

――死とは負けることなのか

――生とは勝つことか

考えたら酷い話だよ。全然論点が違う話をしている人に、ただ揚げ足とってその場をつまらなくしてる。怒ったっておかしくない。

僕の話聞いてる？？？　と。

でも、キョーちゃんは、そのあと　――分からないよ　とだけ言って2階へ上がっちゃったのよ。

その日の夜、締め切ったキョーちゃんの部屋から声を押し殺して泣く声が聞こえた。

布団にくるまって大きい背中を小さく丸めて心の中で大声で泣き叫ぶキョーちゃんがいた。

＊＊龍之介＊＊

キョーちゃん‥‥。考えだしたんだね。

＊母＊

そう、泣かせたのは私だ。

今まで蓋をしてきたことに、母親がこじ開けてわざわざフォーカスを当てたんだから。


死とは何か？

生とは何か？

携帯メモより

貴方の死は、家族に鋭い牙を向けた。それぞれ心を傷つけられた。

死とは何か？　という問いは生きる者にとって永遠のテーマですよね。

生ある限り必ず死を迎える。

私がこうして思考を巡らせることは、何千年も前から哲学を含めた学問として偉人たちが考えてきた。今に始まった事じゃない。

だから、キョーちゃんも、いつかまたきっと立ち止まって考えだす日が必ず来る。

避けて通ることはできないんだよ。生きてるんだから。人間は、絶えず思考を巡らせて生きているわけだから。

そこでね。さっき話した、マルクス・ガブリエルの理論に戻りますが、私はこのフィールド（場）を「意味の場」にしたいんだよね。

今を生きる私と、過去に生きた死者、龍之介との対話のフィールド（場）は、未来に必ずここへ訪れるキョーちゃんのフィールド（場）でもある。

今より少しだけ大人になったキョーちゃんが、考え悩み煩悶《はんもん》する場はここであってほしい。

貴方はひとりじゃない

このフィールド（場）を創り出すことは、「母親とはこうあるべきだ」という理想像、つまり絶望から這い上がって強靭な精神力で生き抜く母親像を投影した私の目指す「母親の美学」でもあるんですよ。

これは、私にしかできないことなんですよねぇ。

お金を払って誰かがやってくれることじゃない。

母親の私にしかできない事なのよ。

私はね、龍之介の死で得た「幸せ」があると言いましたよね。

それは、私の「レーゾンデートル　―存在理由―」を見つけられたかもしれない、という幸福感なのです。

時間も、空間も、飛び越えて、いつだって出逢うことができる

私は、ふたりの母親ですから、ふたりの子どもにはずっと幸せでいてほしいと願い続けるものなのよ。だから今を生きる私ができる最大限のことをしたい。

そう考えると、子どもの生死は関係ないんだよね。

龍之介もキョーちゃんもただここに在《い》ることができる場を創りたい。安心して考えられる居場所を創ってあげたい。

哲学は、死者を生き返らせることができる。

死者と対話する場も、永遠に生きることも。

死者と生者を出逢わせることだって、なんだってできる。

世界的有名な哲学者が、肯定してくれるんだよ。

「意味の場」では、私が思考するすべてが存在すると。

ね、この創造力凄くない!?　あなた、想像じゃないよ、創造だわよ。

＊＊龍之介＊＊

おおお、よかったよぉ。あんた。
わたしが選んだ人だけのことありますねぇ。
まぁよくもまぁ、あなたは考える人だね・・・・
こんなにわたしたちの事考えてくれる人に出逢えて、ホントに幸せだわよ。
ねぇ、これを読む未来のキョーちゃん！・・・・（ウル）

＊母＊

と、まあそんなことなので、このフィールド（場）ではいろんな問いを考えたいわけです。

たぶん、図書館にはその問いと考えを書いた哲学本はたくさんある。

でも、私と龍之介がここでこうしてグダグダと考える場は、未来のキョーちゃんが考える場でもあり、唯一無二の存在なわけですよ。
――龍之介は永遠に生き続けられる
――キョーちゃんは永遠に龍之介と対話することができる
――貴方《あなた》がたはひとりきりじゃない
私がこの「意味の場」で唱える実在論は、これなのです。

死者　龍之介は存在する

＊＊龍之介＊＊
哲学をするというのは、人間が絶望の境地に立たされた時こそ必要なのかもしれないですね。わたしは、小説を書く上で哲学や倫理学の本が必要だったわけですが、こんなところであなたの心を救うことになるなんて！

（仕事しながらその本理解するの結構キツイと思うけど……。大体この人にわたしの小説の真意が理解できるんかいな、時間かかりそうだなこりゃ（苦笑））。

＊母＊

次はさぁ。死者の龍之介と「死とは何か？」について考えたいんだ。

いいですか？

＊＊龍之介＊＊

いいっすよ。生者の僕もかなりハマってましたから！　ガンガン行こう！

死とは何か？

携帯のメモより

＊母＊

じゃ！　そういうことで。またね！

ついて来い！　龍之介！

＊＊龍之介＊＊

おっ？　おぅよ！

＊　＊

なるほどね。幸せとは何か……という問いから、マルクス・ガブリエルが出てくるとは思わなかったけど、死者にも未来があるっていいですね！

わたしも、生きる希望が芽生えてきた！

は？　あれ？　あ、死んでましたっけ。わたし。

まっ、もう、どうでもいいか。

しかし、よく考えてみると誰か一人置いてけぼりですね……。

パポ（父）はどこ行っちゃったんでしょうね（苦笑）

良くも悪くも、あの人はたくましいですねぇ……。

さて、これを読む彼方《あなた》も考えてみてください。

彼方にとって「幸せ」とは何ですか？

彼方のレーゾンデートル ―― 存在理由 ―― 考えてみませんか？

嗚呼、人とはかくも美しいものなのか

携帯のメモより

「死」とは何か？（前編）

2022.11.13

place 龍之介の部屋
cast 母：語り手(48)
長男：龍之介(18)

＊母＊

ねぇ、龍之介、今何してた？

＊＊龍之介＊＊

はぁい？

普通にただ在《い》ましたけど…

なに？　なに？　どうしました？

＊母＊

（（笑）どうせ、寝てただろ、コイツ）

いやぁ、別に。今回の問いは

「死」とは何か？

携帯のメモより

についてだけどさ、貴方死んじゃってるじゃん？
死んだ人と、「死」について語るってなんか変だなって思ってさ。

＊＊龍之介＊＊

でしょうね。
でも、問いを立ててるのは生者のわたしですからね。
まずは、先にこの短編小説を読んでみていただけませんか？

＊母＊

よしよし、いいっすよ。

【短編小説】ヒューマンズ・レフュジア

2021.5
高校3年 17歳

「世界は二人にとって広すぎるんだ。邪魔をしないでくれ」

木製の扉が開きかかっていることをいいことに、覗き込んだことを今更になって後悔した。手土産に、と買ってきた饅頭の袋をきゅっと握り締め、意を決して中へ声を掛けた。

「それは、僕のことでしょうか」

おおよそそれは、家を訪ねる来客の態度ではなかった。呼び鈴も鳴らさない、非礼を詫びる様子もない。だが、呼び鈴の一つも用意せず、門前払いのようなことを言われれば、そんな態度にもなるというものだ。

「それならば、このまま帰ります」

「いいや違うとも」

奥の方から、またしてもそんな声がした。今度は間違いなく僕に向けられた声だ、と彼は確信した。

「入り給え。靴の泥を落としてからだがね」

言われてから、玄関前に泥落としが敷いてあることに気づいた。自分の利益にしか人は興味を示さないと聞くが、ここまで極端なのも珍しい。

「そら、そこの蝶のことだ」

狭い部屋だった。というよりは、たった一つの部屋に家を落とし込んだような感じだった。そこらかしこに分厚い本と紙束が折り重なって、まるでキノコのようにあちこちに積んであった。その中で、背中を猫のように丸めた老人は、何処からか入ってきた蝶の羽ばたきを指さした。


「カラスアゲハ」

淡い鱗粉を撒くように、碧い羽が優美に飛んでいた。

「もうそんな時期ですか」

「そうだとも。時間はいつだって、私たちを置き去りにする」

　積み上げた本が崩れて、床にバサバサと落ちた。しかし、それを気にも留めず、拾い上げる様子もない。

「ひさしぶりだね、イヴ」

彼はふと、傍らに立っていた手間使いに挨拶をした。

「お久しぶりです。お変わりありませんか」

にこやかに笑う顔の下で、人工筋肉が擦れる音がした。

動きも言葉も流暢で、もはやその動きに違和感はない。

「あぁ。君の方こそ、大丈夫なのかい。先生の相手ばかり」

手土産を丁寧に受け取って、彼女は丁寧に頭を下げた。

「未熟者です故、私に博士の相手は務まりません」

「機械だてらと舐めてやがるな。お前より随分勘がいい」

と、彼は声にならない笑いを見せた。

＊

「季節に沿って生きる、彼らがうらやましいよ」

椅子に深々と座り込んだまま、先生はそう言った。窓の向こうには、先ほどカラスアゲハが帰って行った雄大なる自然の、ほんの一部が腰を下ろしている。

「東京はどうなんだ？　こことは違うのだろうに」

用意された茶を啜り、饅頭には目もくれず、そう訊いた。

「えぇ、便利ですがね、窮屈ですよ。『東京は人の住むところじゃない』って先生の言葉、案外的を射ていますす」

先生は何も言わず、またその沈黙に耐え切れず、饅頭の半分をゆっくりとかじった。はがれやすい皮をうまく口に押し込んで、あんこの奥深さに身を任せているようだった。

「――君のようなのが、人口の八割もいるそうだ」

幾数回の咀嚼の後、傍らで同じく茶をすするイヴに向かってそう言った。イヴは、華奢な体をビクリと震わせ、それでもその事実を、なんとか受け止めようとしていた。

「イヴは違うでしょう。彼女はロボット。増え続けているのは機械人間、サイボーグですよ」

どっちだっていい、と言わんばかりに首を振った。嘆かわしや、と言わんばかりに先生はなおも続ける。

「純然たる人間は減っていくばかり。そんなに死が怖いかね」

「先生はほら、変人ですから」

僕は思わず冷笑した。そうでもなければ、こんな田舎にわざわざ家を移して籠ったりしない。

「——死ぬのは怖いと思います」

先生が何か言いかける前に、口を開いたのはイヴだった。

「——ほう」

先生の目の色が、ふと変わった

——ように見えた。

「お前もおもしろいことを言う」

「先生、それは『滑稽』ということで?」

「違う。興味深いということだ」

湯香を静かに置いて、イヴがおそるおそる言葉を紡ぐ。

「だって死が怖くないなんて、おかしいじゃありませんか」

その声は、どこか震えていた。それが機械の不調でもなく、単なるノイズでもないことを、彼らは十分に理解していた。

「死んだ人は沢山います。でも『死んだことがある人』は存在しません。

——死は未知なんです」

「だろうな。もっとも、そういう自問自答を幾度となく繰り返して、私はここにいるわけだけれども」

「先生も考えたことが」

思わず僕はそう尋ねた。人間、一度は生きる意味や死について考えるものだと思っていたが、先生もまたそうだとは思わなかったのだ。

「あるよ。数えきれないほどにね」

「して、先生はどんな答えを?」

「——愚問だな」

ぴしゃり、とたしなめられて、僕は押し黙った。

「答えが出ることがすべてじゃない」

ぬるくなったお茶を喉へ押しやってから、先生は続けた。

「それに、私の答えを聞いて、納得してしまう君たちが怖い」

「そうでした」

僕の声を聴いて、先生はようやっと安堵したように、残りの饅頭を口に入れた。

＊

イヴの声に耳を傾ける間、先生は微塵も動かず、ただ眼をつぶって、一言も聞き漏らすまいとしていた。

「人間の死と、私達機械の死はきっと別物でしょう」

「そうだろうね」

僕の同意に、彼女はほんの少し語気を強める。

「体を変えて、生きながらえることができる機械にとって人間はなんて不便なんだろう、と思います」

「便利だろうね、体を変えられるのは」

　ようやっと、先生は口を開いた。

「都合が悪くなったら変えてしまえばいい」

　その言葉尻には、棘があったように思えた。まるで、老いを知らない機械の彼女を、妬む様な口ぶりだった。

「でも、人はそうはいかない。生まれ持った体で、その瞬間から死へ歩み続けるしかないんだ」

「先生はサイボーグになりたくないんですか」

　僕はそう尋ねた。新しく注がれたお茶の湯気と、カスが残った饅頭の包装紙を某《ぼう》っと眺め、しばらく考え込んでいたが、やがて
「なりたくないな」

とだけ呟いた。

「寿命には理由があるんだ。不必要に伸ばしてみたところで、虚しいだけだろう」

　それは、博士の口からこぼれたにしては随分よわよわしくて、信憑性に欠けた言葉であるに違いなかった。心のどこかで、本音を隠している。そんな表情だった。

もしかすると、世界というのは僕なのかもしれない。
彼は、心のどこかでそう感じた。

＊　＊

あとがき「雨に打たれて 心打たれて」

レフュジアとは、「生物種が絶滅する環境下で、局所的に種が生き延びた場所」の意。英語ではRefugiaと表記。

いわゆる「人間種」文明の未来が、ここ数十年で決まる。これは何も大げさな話ではない。現に、取り返しのつかなくなったものは幾らでもあるし、人間社会が立ち行かなくなる可能性は、決して低くない。

とはいえ、私は「人間絶滅」も悪くないと思う。どんな文明にも終わりはあるものだし、この辺で一度　他の生物に変わってほしいな、とか思っている。

どうせ、そんなに長くはもたないのだから。

【番外編】ヒューマンズ・レフュジア
博士と僕の会話編　―死について―

「世界は二人にとって広すぎるんだ。邪魔をしないでくれ」

こっそりと覗き込んだ扉の奥から、そんな声が掛かった。

「それは、僕のことですか」

「いいや、違うとも。そら、そこの、蝶のことだ」

指差した窓ガラスには、一匹の蝶が止まっている。

2021.5

高校３年 17歳

「ははあ、もうそんな時期ですか」

「そうだとも。生物は季節を誰よりも知っているからね」

「そうしなければ、生きていけないから？」

「そうだろうね」

「——今日は、何を話してくれるのかね」

「死を考えてみたいんです」

「——ほう」

「また、おもしろいことを言うね、君も」

「人間、誰もが一度は考えることだと思います」

「だろうね。最も、私はそういう問いを繰り返して、ココにいる訳だけれども」

「先生も考えたことが？」

「あるよ。数え切れないほどにね」

「して、先生はどんな答えを？」

「愚問だね。答えが出ることが全てじゃない」

「そうでした」

「それに、私の答えを聞いて満足してしまうかもしれない。

そんな君が怖い」

「自分の考えを述べる方が先だと思うがね」

「死は、未知だから。恐れられているんだと思うんです」

「肉体的に見れば、死は身体の崩壊を意味する。
体を構成する粒子達が自然へ還っていく。
そういう風に捉えられたら、死は恐怖対象でなくなる」

「その感じ方は正しいね」

「…自然へ還っていく、ね。だが、精神は？」

「…残らないのかも」

「だとしたら地獄だ」

「きっと、精神は残るよ」

「根拠は？」

「ない。だが、故に精神が残らない、というのはなんとも残酷ではないか」

「枯葉は役目を終えて、土に落ち、やがて長い歳月の末に分解される。そして、新しい植物の糧になるのだ」

「死とは、そういうことなんでしょうか」

「もしかすると、世界というのは僕なのかもしれません」

＊＊龍之介＊＊

ヒューマンズ・レフュジア　―humans refugia―
〜人間が絶滅する環境下で、局所的に生き延びた場所〜

本編あとがきで書いたように、「人間種」文明はそう遠くない未来に「絶滅」という危機にさらされるであろうと考えていた。

純然たる人間が減少していくなか、イヴのようなロボットや機械人間、サイボーグへと世界全体が移り変わっていく。

サイボーグにとって、寿命がある人間とはなんと不便なことだろう。

博士や主人公である人間は、寿命がいとも簡単に伸ばせるサイボーグに憧れを抱きつつも、純然たる人間として生きている。

＊母＊

そうだね。あのさぁ、サイボーグと人間の違いって何だろう。

サイボーグってのは、前に教えてくれたよね？


病気になれば、腐った内臓を機械と取り替えた。

怪我をすれば、壊れた骨を機械と取り替えた。

歳を重ねれば、惨めな肌を機械と取り替えた。

短編小説「機械人間」より

寿命は引き延ばせるんだ。

本来の寿命時間よりも長くこの世にいられるサイボーグは幸せなのか？

本当の死期を知らないで生き長らえる。

サイボーグの死は、人間の死とは類が違う。ゲームの世界に類似するのか？

でも、サイボーグは、感情を持った人間だよね。死ぬほど苦しいことがあっても生き続けなければならない。

サイボーグは、人間より残酷なものかもしれないね。

＊＊龍之介＊＊

そういえば！

番外編の博士と僕の会話編についてだけど・・・

これ！　よく見つけたね！　書いたわたしも忘れかけてた。

＊母＊

まぁね！　段ボール箱にバラバラに散りばめられたルーズリーフを一枚一枚読むのは手こずったけど、博士と僕の会話は、この小説しかでてこないからね。

あと、別のメモ書きでこんなものも見つけた。

自己対話

心を2つにして争わせてみる。

ジレンマを、矛盾を、愛せるように。

「発想の原点は思考整理にあり」より

この小説はまさに、自己対話をしているよね。
最初読んだとき、どちらが龍之介の主張だろうと迷ったんだけど。
実は、私もこうして対話してみて、どちらも自分の主張だと分かった。
でも、真意はどちらかにある。
ここでいう貴方の主張は、博士の
――寿命には理由がある。不必要に伸ばしてみたところで、虚しいだけ――
という、実は寿命が伸ばせるサイボーグへの憧れよりも、
――もしかすると、世界というのは僕なのかもしれない――
という、主人公の言葉の方に魂が込められているよね。

＊＊龍之介＊＊

うん、ぅん。
(伝わって良かったよ。僕の延命治療をしようとしてたでしょ・・・・。
そんな虚しいことしなくていい。
そう、メッセージを送ったのを正確に受け取ってくれたね)

＊母＊

この真意は、番外編で確信したのよ。

死というのは、身体の肉体的な崩壊を意味するものと、精神というものとは別物だと言ってる。

身体は所詮粒子という物質でできているわけだから、いずれ土に還る。

でも精神という目に見えないものまで無くなるわけではない。

だから、世界というのは僕なのかもしれない・・・と。

＊＊龍之介＊＊

世界というのは、目に見えるものだけでできているわけではない。

目で見えないものの方が多いくらいだ。

だから、死者の精神があると考える方が、妥当だろう。

肉体の死で、全てが無くなるなんてあるわけがない。

現にこうして、私の精神は生者のあなたによって可視化されているわけだから。

目で見えるものが全てじゃない
五感を世界に広く開く

携帯のメモより

こんな風に死者が言語化されて視えるというのは、稀だろうけれどね。

わたしは、これを望んで魂の言葉を残した。

わたしの『遺』思を必ず汲み取ってもらえる母親を選んで。

ほら、長編小説「『遺』思疎通」は、ずばりあなたへのヒントでしょ。

あなたは、それを読むことでこれから先のやるべきことをインスピレーションで受け取った。

——泣いてる暇はないでしょう
——はやくこれ読んで

僕は、これからの世界で生き抜く世代の人間が気付かなければならない「人間の本質」を小説の中で繰り返し訴えた。

人間本来の生を考えるんだ。

力強く生き抜くために。

一人で生きるには、この世界は広すぎる
考えろ!! 最適解

「発想の原点は思考整理にあり」より

＊母＊

ちょっといいですか？

＊＊龍之介＊＊

なになに？

＊母＊

さっきから、聞いてるとかっこいいこと言っちゃって。
龍之介のくせに。

くせに（笑）

＊＊龍之介＊＊

＊母＊

私の直面した死とは、肉体が滅びるだの、粒子が土塊になるだの、そんな簡単に言えるものじゃない。

私はね、自分で産み育てた子どもの脳の崩壊と肉体が朽ちていく様をまざまざと見せつけられたんですよ。僅かひと月足らずの期間で。

私が語る死とは、貴方の死無くしては語れない。

その一つの命の死に至るまでの情動は・・・。

次にしよう。次は私が「死」というものについて話すよ。

「龍之介の死」について。

＊＊龍之介＊＊
あ。はい、分かりました・・・

＊母＊
そこで動くなよ！　龍之介！

＊＊龍之介＊＊
はいよ。

＊　＊

なんか怒られた感じじゃないっすか？　わたし。
ねぇ怒る？　死者に向かって、普通怒るかなぁ。

僕は、キョーちゃんによくあの人のこと

怒りの権化《ごんげ》

次男との会話　リビングにて

と言ってたんですよね。
すぐ怒るからな。まったく、もう。

案外、自分の機嫌などどうとでもなる。
自分の機嫌を変えられるほどのことなんて、存在しない。

携帯のメモより

大切な人を喪《うしな》った者の悲しみはそう簡単に表現できる情動ではなさそうだ。
でも、死者となったわたしには、生者の彼方《あなた》へ伝えることができる。
死者は必ず彼方に語りかける。
必ず直感（インスピレーション）として彼方に働きかける。

目で見えるものが全てじゃない

「発想の原点は思考整理にあり」より

これを読む彼方も考えてみてください。
彼方にとって、「死」とは何ですか？
大切な人からのメッセージ、受け取ってますか？

「死」とは何か？（後編）
崩れることと消えることの美しさを知る

2022.11.20

place 龍之介の部屋

cast 母：語り手（48）

長男：龍之介（18）

次男：キョーちゃん（15）

＊母＊

……。

＊＊龍之介＊＊

……。

なに？　話さないのかい？

死とは何か？

携帯のメモより

＊母＊

私にとっての死とは何か？
この問いは、母親の立場から考える「子どもの死とは何か？」に変えるよ。

＊＊龍之介＊＊

子どもを亡くした母親が考える「死とは何か？」だね。

＊母＊

そう。どこから話そうか……
（私が言い出したのに、やっぱりやめたとも言えなくなっちゃったじゃん……。
本当は思い出したくないんだよなぁぁぁ。あぁ～）

まずは、龍之介の肉体の死から。
私は、人間の脳が崩壊していく様を生まれて初めて目にした。的確な言葉がないほど、悲惨な龍之介の姿を目の当たりにした。

搬送先の病院に着いたころの貴方は、自分が誰だか分からない、ベッドで寝ていられない、裸足で夜の病院を半狂乱になって歩き回り、小説の中の誰かになっていた。数分前の龍之介ではない、という状態。

なんとか貴方を落ち着かせたくて、体当たりで挑んでもだめだった。私は大きな体の貴方に簡単に吹き飛ばされて、パポが必死で龍之介を抱えている姿が見えた。

――ワタシハ#$%&〟シテクダサイ!・ダカラ$%%&〟#〟%ナンデス!

ワタシハァァァァ#&$

――龍之介！ 龍之介。大丈夫。大丈夫。龍之介っ

だいじょうぶだよ・・・ リュウノスケ

そんな乾いた言葉だけが、誰もいない暗い夜間の病院にいつまでも響いていた。

ＭＲＩの画像には、脳にいくつもの白い斑点が散りばめられていて、素人の私でもそれがこの事態を引き起こしている原因だと容易に理解できた。

龍之介の脳の崩壊が表にでるのは、多分時間にして数分の出来事なんだ。

そしてその後に対面できた5日後から、龍之介の未来は「死」になった。

ついさっきまで話していた人間が、たった数日で脳死になる、未来が崩れる、人生が失われていく。

このご時世、ＩＣＵに入った人間が家族と面会時間を与えられるとはどういうことかくらい、バカな私でも分かる。

――子どもの死を覚悟しろ

脳死という状態は、きっと生き地獄でしょうね。

現代の医療では、全身の状態を人が管理して、機械が補って、家族が望めば生きる時間を伸ばすことができる。ひと昔前なら、とっくに死んでしまっていたものを人工呼吸器を着けて、臓器が痛まないように薬を投与して、24時間、機械でコントロール制御する。

まさに、貴方の小説にでてくる機械人間だ。

それでも、私は、龍之介に生きていてほしい。そう願った。

どんな姿になっても、どうにかして生き長らえないものだろうか・・・

でも、現実はそう甘くはなかった。

脳幹が壊死する、とはこういうことかという絶望の辛い現実を突きつけられていく。
肉体の死というのは、どんな過程を踏もうと、貴方が言うように

死骸がやがて土塊になっていく
土と溶け合って
空と混じり合って

「発想の原点は思考整理にあり」より

こういうことだったよ。
結局貴方の身体は、発病から僅かひと月で灰になった。
でもね、実は、過酷な現実はここからが始まりだったんだ。
死を未来にした生者の龍之介より、死者となった龍之介とどう向き合うか。
死んだ子どもと向き合う親の在り方。
これは、親にとってまさに生き地獄だね。
想像以上に残酷で過酷で、精神の異常をきたす。

――どこをどう彷徨って今の私がいるのか？


まだ続くよ。次は子どもの葬儀の話。

龍之介が18歳の誕生日に話した事覚えてる？


今日から僕は法律上、成人したことになったよね～

僕の成人式はいつなのかね？　20歳かね？

ねぇねぇ。僕の夢はさぁ。将来教師になって、自分の葬式の時には教え子がたくさん来てくれてさ。僕は祭壇のところで眺めてるわけ。

あ～。コイツもアイツも来てくれたのか。立派になって。

ぼヵぁ～嬉しいよ。ってな風に、老いぼれ爺《じじい》となって死にたいのよ。

2021.11.14　18歳誕生日　リビングにて

＊＊**龍之介**＊＊
あ～それな。

本当になっちゃったね（笑）

＊母＊

ちょっと！　笑い事じゃないッ。

私は必死だったんだよ。

その頃の私は、後悔しかなかった。

病院の搬送を一日早めていたら、今という時間に龍之介は生きて何をしていただろう。

私の判断が全てこの事象を引き起こした。

子どもに手を掛けたんだ、親が子どもを殺すとはこういうことか。

私はこれから罪名のない殺人罪をどうやって償うんだろう・・・とか。

誰が私を裁いてくれるんだろうか・・・とか。

龍之介の葬儀で参列者に向かってお辞儀をすることで、身勝手に許しを乞うた。

私の前に立って、涙する人達の言葉が
——なんで龍之介くんがこんなことに・・・・

（なんで母親のあなたが傍についていていながら、助けられなかったの？）

——どうしてあんないい子が・・・・

（どうしてあなたがおめおめとここに立ってて、あんな元気だった子どもが死んでるの？）

（あなたは何してたの？）

無言で頭を下げる同級生には

（あ～可哀そうに、俺たちは先にいくよ）

（折角大学受かってたのに、勿体ね）

マスク越しの視線が突き刺さり、脳内ですべてが勝手に変換された。

――母親のお前が殺したんだろっ。

――親に潰されるとは、全く可哀そうな奴だよ。

貴方の葬儀は、母親の私にとって過酷な懺悔の時間だった。

そして、どんなに懺悔しても、誰一人許してはくれなかった。

＊＊龍之介＊＊

……。それは辛いね。

僕も生きてきた時間の中で、もうすぐ死期が来るなんて考えてもみなかったよ。

でも、死とは他者がどうこうできるものではない。

たとえ、あなたが想起して考える最善の行動をしていたとしても、僕の身体は死を迎えた。

——何でだか分かる？

僕は、キョーちゃんがあなたのお腹の中にいた時言ったじゃない。

——リュウチャンハ　ママヲ　オソラカラミツケテエランデキタンダヨ
——ママガイイナ　ト　オモッテ　エランデキタンダヨ
生まれる前から、この世に生まれてこようとする精神があるという事は、どのような死期にするかも大体決めてくるわけですよ。

そう考えるのが自然じゃない？

それより、大事なのはこの世に生まれてきた目的だね。

僕のレーゾンデートル　——存在理由——　とは一体何なのか。

僕は一体何をしに此処へ生まれてきたのか？

僕にあなたをエランデキタ記憶があるのは何故なのか？

（あなたを喜ばせるために言ってるんじゃない）

分からないことは、気が遠くなるほどある

「発想の原点は思考整理にあり」より

生きているうちは、僕も考えますよ。
死は未知で、死んだことがある人間はいないから。
僕は、死を考えることで人間の本質を考えていた。
死とは肉体という「肉の檻」から、魂といわれるものが抜け出すんじゃないかと。
その魂こそが、人間の本質＝心　なのではないか、と。

＊母＊

違う違う！
私が考える子どもの「死」と、龍之介の考える「死」とは全然違う。
そんなタマシイとか、小説の異世界のようなキレイ事ではすまされない。
私の捉える「龍之介の死」はどこまで辿っても「無」だった。
心の底から湧き起こる虚無感、喪失感、敗北感。

でも、そこから私はずっと考えていた。
時間を巻き戻したら、この現実から解放されて、元の家族に戻れるんじゃないか。
何度も何度も戻りたい日に記憶を遡り、自分の行動を変えて未来を変えようとした。
でも、全て過去のことだった。
時間は、絶対に戻ってはくれなかった。
さっき話した貴方の死は、私の想起した事象であって、今じゃない。
――死は過去である。このことは、自明でしょ。
死は、生きている人間の過去の想起でしかない。
生きている者にしか「死」はない。とでも言えばいいのか。
つまり、死者 龍之介に死はない。
これを納得するまで、私は長い長い時間旅行をしていた。
・・・。何を今更と思うでしょ？
でもね。親にとって子どもの死とは、そんな当たり前のことも分からなくなってしまうものなのよ。感情が先立って頭の整理ができないいんだ。

どんなに語っても、母親が捉える子どもの死には、激しい情動が入る。悲嘆、慟哭《どうこく》、悲傷、寂寞《せきばく》、憂愁、憐憫《れんびん》、邯鄲《かんたん》の夢、虚無、哀憐、荒寥《こうりょう》‥‥

「子どもの死」を心を落ち着かせて冷静な目で俯瞰的に捉えようとしても、感情の方が勝ってしまう。

何故、悲しみを表す言葉がこんなにたくさんあるのか。

その言葉には、ひとつひとつ人間の心が表現されてるじゃない。

私は初めて、何千年も前から生きた人間の、この感情を抱いた人間たちの、魂の叫び声を感じ取ることができた。

「魂の言語」↓感情。心に浮かぶせわしない〝ゾレ〟が言語

「発想の原点は思考整理にあり」より

「死」は、生きている者達の情動の塊であって、過去であって、他者の死でしかない。

生きている者でしか、死を捉えることはできない。

「存在は認識に依存する」に他ならず、貴方が既に、自己を注意深く見つめるべくして、私をあたかも一様な鏡として利用したにすぎない。

携帯のメモより

そう、この本質を理解すると、貴方の死は、こう言い換えられる。

死者　龍之介は、形而上《けいじじょう》学的に存在する

龍之介の言葉は、人生のどん底にいた私に最大のヒントを与えてくれた。
これに気付いた時、私の世界は一変したのよ。
他者の「存在は認識に依存する」に他ならない。
認識に依存する？？？
死者という存在を素直に認識してみる？
死は過去の事象にすぎず、死は現在も存在する。

つまり、死者　龍之介としての存在は、認識に依存すると永遠に在り続けることになる。

だから、死は無ではない。

この解は素晴らしい。最適解か!?　ね？

なんたって、虚無感が無くなるのだから。

虚無感が取り払われると、敗北感が無くなる。

敗北感が無くなると、怒りも、妬みも、嫉妬心も全て無くなる。

ここまできたらもう無敵です！

私の心はとても軽くなった。

自身の罪悪感でさえ何処かへいっちゃったわけです。


分かるかなぁ～。これを読むキョーちゃん。


ねぇ、もう少し、付き合って！　龍之介っ！

貴方の死から、私がここまできた時間旅行について・・・・。

心と時間について、もう少し深く考えたいのよ！

＊＊龍之介＊＊

おっ。いいっすね！　いいっすね！

（エンジンかかってきたじゃん！）

＊母＊

あ～、今日のは疲れた。も～ヤダ。も～ヤダ！

あ～もぉ～、オマエが

走ってこい！　龍之介！

＊＊龍之介＊＊

おうよっ！　今行くよっ！

＊　　＊

＊＊龍之介＊＊

「死」とは一体何なのでしょう。

母が捉えた「死」とは、「死」という事象が、「息子の死」となった。

それはこれからあの人が生きていく人生のなかで、心の本質を根幹から作り直す事象になっていく。

「息子の死」が、これからのあの人を形づくっていく、ともいうべきか。

全ては仕組まれた必然？　それとも逃れられない運命？

「発想の原点は思考整理にあり」より

時計の針は、何も答えてはくれない。

「発想の原点は思考整理にあり」より

わたしは、執筆中、心と時間について何度も何度も考えていた。
人間の心と、ＡＩが共に生きる世界。
その成れの果てに、何が生まれるのか。　何が残るのか。
近い将来、
人工知能ＡＩは人間を食い潰す時が必ず来るに違いない。
産みの親である人間とＡＩの戦い？
闘うのか？　それとも共存できるのか？

心とは何か？
人とは何か？

「命にふさわしい」Amazarashi の歌詞から着想したメモ
【長編小説】『遺』思疎通　深夜編　― midnight operation ―」の着想より

正義とは何か？

「発想の原点は思考整理にあり」より

ここまでくると倫理ですね。

「死」と真摯に向き合うと、いろんな方面に派生していくわけです。

結局、死は生を深く考えることになる。

自明ですね。

> 死は生を受けた全ての生物に等しく与えられた未来ですが、殆どの人間はそれについて深く考えることを嫌いますから。
> そんなことばかりに目を向けようとする私が悪いのでしょう。
>
> あとがき「戦争について」より

わたしのレーゾンデートルのひとつに、母親であるあの人に、「死」について深く考えさせるというミッションがある。

わたしの死によってもたらされる、その深い問いを考えずに死ぬんじゃねェよと。

罪を償うのではなく、深く考えろ、と言いたいわけです。

大体あの人は、能天気で、楽観主義で、単純で、酒好き（笑）
気が短くて、気が強くて、他人に厳しく自分に甘い（笑）
でも、わたしの死から必ず何か気付く筈だと。
この事象に目を背けて生きるなんて絶対にしない人間だと。
多分あの人はもうわたしのメッセージを受け取っている。

深く深く深く、考えて、考えて、考えて生きろ！
僕が伴走者となって共に走り続けてあげるから！
大丈夫だから、安心して考えろ！

崩れること、消えることの美しさを知る

携帯のメモより

「時間」とは何か？「心」とは何か？

2022.11.26

place 龍之介の部屋
cast 母：語り手(48)
長男：龍之介(18)

＊＊龍之介＊＊
どっちから話す？？？

＊母＊
久しぶりにじゃんけんで決めますか！

＊＊龍之介＊＊
あ～それ、必ずあなたが勝つやつじゃん！

＊母＊

違うよ。弱すぎなんだよ、龍之介もキョーちゃんも（笑）

お風呂掃除じゃんけんで私は負けたことないからね。

あっ、そういえば、龍之介が死んでからのお風呂じゃんけんは必ず負けてたなぁ。それが

さっ、半年たった頃からやっぱり一番勝ちになったんだ！

だから絶対負けない！　龍之介にだけは。

＊＊龍之介＊＊

はいはい。分かりました。お先にどうぞ。

＊母＊

ありがとう。じゃ、エンジンかかったところで私から。

龍之介の死後、私の心が時間の経過によってどう変化していったのか。

こうして、貴方の存在は在り続けるとする「意味の場」を創り上げるまでの思考と情動の

【2022.2.18 ～ 2022.9.22（217 日）のうち想起していた時間】

― 現実を生きていない時間 ― 3,209 時間

C-（A+B）＝5,208 － （480+1,519）

＝<u>3,209 時間</u>

- A 現実を生きた時間（想起していない時間）
  48 日（出勤日）×約 10 時間（勤務時間） ＝ 480 時間
- B 睡眠時間↵
  217 日 × 約 7 時間 ＝ 1,519 時間
- C 2022.2.18 から 9.22 までの総時間
  217 日 × 24 時間 ＝ 5,208 時間

『死後の異世界』に気付くまでの『現実世界を生きていない』時間計算

過程について話すよ。

まず時間から。

現実に生きた時間のなかで、龍之介の死後（正確に言うと、病気になって会話ができなくなったその日から）過去を想起していた時間（現実を生きていない時間）を計算してみたの。

見てよ、この時間！

３２０９時間。１日17時間起きているとして、日にちに割返すと約１８８日間。

約６カ月

私は７ヶ月間のうち半年分の起きている時間をあの日に戻って想起する時間に使った。

未来は絶対変わらないのに、どうにかして貴方を生き返らせようとするタイムトラベルだ。

正気の沙汰ではありません。だいぶイカれてる。

＊＊龍之介＊＊

子どもの喪失によって、母親が動けなくなる理由はここにあるのね…

＊母＊

苦しいですよ。生きているのに、現実世界に自分は存在しない。
過去と同じ場所にいるのに、時間だけ戻らない。
家の中で、目の前に龍之介の姿が見えそうで見えない。
そこで、貴方が持っていたこの本に救いを求めた。

『「時間」を哲学する』（講談社現代新書）

著者　中島義道

過去は場所ではない。

出典「「時間」を哲学する」より

私はずっと、過去という場所に戻って、最適解たる行動を一生懸命探していた。
――どうしたら、貴方の命を救うことができたのだろうか。
この問いの最適解をひたすら探し求めていた。
ところが、この著者は語るわけです。

～哲学者　中島義道～
違う、違う。
過去というところは、場所という概念ではない。
錯覚ですよ、視点を変えなさいよと。
そもそも、時間とは帯状に連なっているものではない。

＊母＊
え!?　ナニ？
だって小学生で習うじゃない。
時間と距離と速さは1次関数で求めるじゃん！

X軸とY軸に乗っかって、左から右へずっと未来へ伸びてるじゃん！

未来を予測するには、微分方程式使えばいいって、いろんな数学の本に書いてあるよっ！

近い将来、タイムトラベルはできるんだよっ！　絶対!!

(怒)

~哲学者　中島義道~

違う、違う。

過去も未来も無いわけです。

無いといっても、全く無いのではない、今に重たくのしかかっている無《む》なのです。

あるのは、今、剥き出しになっている今だけ。

激しい後悔にむせぶそのとき・・・、

あなたはかけがえのない裸の「今」を生きており、「あとから」はけっして消し去ることのできない絶対的に新たな何ごとかを開始しているのです。

出典「「時間」を哲学する」より　著者　中島義道

＊母＊
あとからはけっして消し去ることができない絶対的な今を私は生き始めている・・・？

過去を悔いても仕方がないと気付き、そこから立ち上がれるかどうかです。変えられぬ過去を考えるより、変えられる未来を変えるのです。
全ては貴方次第です。

『後悔先に立たず』の先にあるもの」より

＊母＊
未来を変えるのは、自分次第・・・？
死者に未来なんてあるものかっ！（怒）
次は、その間の心の変化について。
私の心は、喪失の教科書ともいえる本をなぞるように、心と感情が変化した。

『永遠の別れ―悲しみを癒す智恵の書』
エリザベス・キューブラー・ロス、デーヴィッド・ケスラー 共著

大切な人を喪《うしな》った者の悲嘆とは、こんなプロセスを辿っていく。

「否認・怒り・取引・抑うつ・受容

出典「永遠の別れ」より」

この本の凄いところは、他者の「死」による心の変化を正確に捉えられているだけでなく、著者自身が死際まで執筆し言葉を残すことによって身を挺して死というものを体現化しているのです。

私はこの教科書通りに、心が移り変わっていくのを体験した。

私だけじゃなく、どんな人間もこの心の状態を辿っていくことを知って幾らかの安堵感を覚えた。

でも、私には教科書が必要だったんじゃなかったんだよ。

ずっと教えて欲しかったのは、自身を苦しめる情動だった。
どう足掻いても絡み取れない強い嫉妬心。
何故、妬むのか。何故、他者が妬ましく、憎しみの対象に変わるのか。
終いには生あるもの全てが妬ましく思える。自身の生でさえも。
何故、龍之介だけ死を迎えたのか。
何故、私が生きているのか。
そして、私は何に対して憎しみを抱くのか。
私は、48年生きてきた中で、初めてこの嫉妬心に苦しめられた。
「嫉妬」とは、広辞苑で「自分より優れた者をねたみそねむこと。また、その感情…」
分かる？　自分より優れた者。つまり他者が出てくるのよ。
しかも、自分ではない他者、龍之介の死に対して別の他者と比較する。

貴方は私。私は貴方　だものね…

携帯メモより

龍之介は私？　私は龍之介？

人間の心とは不思議ですよねぇ。

他者と自分を同一視する一方で、別の他者を認識するとは。

龍之介の死は、私の死でもあるわけです。

そして、私の子どもはどう踠《あが》いても、生者にはなれない、生き返れない、そう思った途端、別の他者を意識し子どもの「死」が敗北となる。

この世に暮らす人間達、生物、命あるもの全てが憎らしいわけです。

――私の子どもの命を返してよ。

――これから勉強しようとしていた未来を返してよ。

――絶対社会に貢献する人間になるから生きて返してよ。

嫌ですね、強烈に利己的で。人間の汚い部分が丸出しですね……。（苦笑）

私は昔、その嫉妬心を持つ人間の顔を見たことがあるのよ。その人は何不自由なく暮らしているのに、その目に幸せの色は映っていなかった。

初めて分かったんだ。その目にさせているのは、執着して絡みとれない強い妬みであることを。そして、その嫉妬心は、大きな喪失経験もしくは非所持によるものであることも。

よく見て。漢字の部首はみんな「おんなへん」だね（笑）怖いですね。

だからね、哲学者の誰かが、「人間の一番の苦しみは嫉妬心である」と言ったように、私はこの嫉妬心をどうにかして振り払いたかった。

＊＊龍之介＊＊

でも、人間はみんな持ってるよ。その嫉妬心とやらを。

自然に任せれば、その思考も変わるんじゃない？

＊母＊

いいや。これは時間と共に消え失せるものではない、私はそう感じていた。

むしろ、時間と共にその感情は増幅し、支配され、翻弄されることになるだろうと微《かす》かに悟った。そして同時に、そのような情動に支配されていく自分がたまらなく怖かった。

だから、どうしても捨て去りたかった。

どの本を読めばその思考に辿り着けるか、知りたくて教えてほしくて、図書館に通って喪失学や哲学や心理学の本を読んだんだよね。

でも、なかなか見つからなかった。

そもそも、「死」とは肉体を奪うものですが、龍之介の死はいろんなものを奪い去っていったわけです。

貴方の未来や、希望、親の希望、家族の団欒…そして今までの子育ても、自身の生き方さえも否定されて自信を失った。

自己肯定感の喪失ってやつです。

＊＊龍之介＊＊

あれま。

あなたが?-?-?（苦笑）

＊母＊

そうよ、私が。この私が自信を無くしたの。

悪い!?

＊＊龍之介＊＊

いや（冷笑）どうぞ、どうぞ、続けて。

＊母＊

それでさ。

本当に途方に暮れてしまって、もう一度龍之介の言葉をじっくり読み返してみたのよ。

＊＊龍之介＊＊

なになに（笑）また僕の言葉ですか。（苦笑）

他の動物達にはない知性と社会性を持ったからでしょうか。

私たちは欲求と行動の間に「思考」を常に挟み込んで生活を送っています。

利己的であれ、利他的であれ、欲求と行動を直結させることなく、社会秩序の観点から自分を客観視して、行動の良し悪しを判断しようとするってことです。

すると、時にそこでジレンマが発生する訳ですね。

話したいけど話せない、とか。
言いたいけど言えない、とか。

つまり、欲求と行動が相反する状態という状態です。
なんだか、不思議な感じがしませんか?

(略)

これは自論ですが、思考とはいわば紆余曲折のシミュレーション機能のようなものであり、即ち未来を最大限に予測する力であると考えています。
つまり、本来的には本能や欲求と対をなす存在で、行動を起こした先の未来について、理路整然と最適解を出すものであるはずなのです。

しかし、それは結果的に本能&欲求と行動に衝突を起こす存在となってしまっています。

あとがき「ジレンマ」より

私は、貴方が死んでもなお、強い欲求に駆られた。
――どうにか生きてほしい。
――生き返ってほしい。
――一緒にこれからの人生を生きたい。
でも現実には、貴方の身体は死を迎えた。
絶対に生き返らない。
悔しくて悔しくて仕方がない。強烈な怒りがこみあげてくるわけです。
でも、

振り上げた拳は、どこにも下ろせない。

あとがき「ジレンマ」より

本能的に湧き起こる欲求が通らない。

でも、理不尽な現実を受け止めなければならない。


これも、ジレンマですね。

不器用で、でもまっすぐで、そんな自分を嫌い、考え悩み、自分なりの答えをだす、そんな人間味のある問いでしょう。

あとがき「ジレンマ」より

自分なりの答えをだす？

こうして、龍之介と対話して深く考えた時、ふと気が付いたわけです。

この人生最大のジレンマは、私の強い欲求、つまり、「他者（龍之介）の生を望むこと」からくるのだと。

欲求と現実を対比して思考を整理してみる

本能＆欲求		現 実
・ずっと生きていてほしい	――	できない
・ずっと一緒に生きたい	――	できない
・ずっと一緒に話がしたい	――	できる
・ずっと一緒に考えたい	――	できる
・ずっと一緒に繋がっていたい	――	できる
・キョーちゃんと３人で笑って話して考えたい	――	できる

意味の場へ繋がる
対話篇　幸せとは何か？（後編）P162

私の欲求を分析してみたら、なにか糸口が見つかるのか？？

あれ？

そもそも死んでしまって何もできないと思っていたけど、できることもあるんじゃない？

ていうか、できることの方が増えてるんじゃない？

むしろ、死んでしまったからできることがある？

なになに？

死者に未来はないと思い込んでいたけど、まだやれることあった？

ってなわけです。

↑なんだこの図。不器用な生き方ですね（苦笑）

なんだ!?　私って（嘲笑）

＊＊龍之介＊＊

へぇぇぇぇ。

まぁた、あなた、随分と理詰めで突き詰めますね。

面白い思考回路ですね。（笑笑）

無駄のない無駄

「命にふさわしい」Amazarashi の歌詞から着想したメモ

【長編小説】「『遺』思疎通　深夜編　― midnight operation ―」の着想より

結局、貴方の言葉を手掛かりに、哲学が、私の生きる視点、つまり世界観を変えたわけです。

私は、その世界観を知るまでに長い長い無駄のない無駄な時間を費やした。

そしてようやく、ゆるぎない確固たる自分を見つけ出せたのよ。

自身を苦しめていた、世界中の他者を敵にまわす強い嫉妬心の呪縛から解き放たれたの。

死者と新たな未来をつくれるという希望を見つけたことで。

＊＊龍之介＊＊

よかったじゃないの！　苦しみから抜け出せて。

ジレンマが生まれるのは考えて生きている証拠。うねり押し寄せる葛藤の中で、自分を確立していくことが、人として「生きる」ことの本質なのでしょう。

あとがき「ジレンマ」より

＊母＊

人として生きることの本質か……

時間を哲学した結果、私の想起した時間は可視化された。

この意味の場は、無駄のない無駄時間、３２０９時間を死者龍之介と対話したことで言語化されているのだからね。

＊＊龍之介＊＊

そうね。（にや）

＊母＊

そうよ。（にやにや）

＊＊龍之介＊＊

そうかもね。（にやけてないで、もっと勉強しろっ）

＊母＊

そうなのよ。（お前の言ってること、難しんだよっ）

じゃあ今日のところはここまで。次も

一緒に考えよう！　龍之介！

＊＊龍之介＊＊

おうよっ！

＊　＊

＊＊龍之介＊＊

時間とは何か
心とは何か

彼方《あなた》は今日、どんな時間を過ごして、どんな心の変化を感じたでしょうか。
長い一日でしたか。
それとも、あっという間の時間を過ごしたでしょうか。
感動した？　げらげら笑った？　平和を噛みしめた？
切なくなった？　悲しくなって泣いた？

――今日も一日幸せでしたか？

もし、彼方に明日という時間はなかったら……
彼方の心はどこへいくのでしょう。
彼方の存在は無くなってしまうのでしょうか。
これを読む彼方にとって、私は存在していますか？
――それが『死』ということなのかもしれません。

心をなくすんじゃない。　自分を信じろ！

「発想の原点は思考整理にあり」より

おわりに

2023.2
死後 11ヶ月

一年前の桜が咲く頃。

出会いと別れが交差する季節。

私は、生まれて初めて大きな別れを経験し、死んだように生きていました。そして、「死後の異世界」で見た桜は、花弁がモノトーンの鱗片になり、今にもシャリシャリと小さな砂の粒となって樹木ごと崩れてしまいそうな塊が静かに立っていました。


息子の葬儀を終えてから、今までの疲労が体中に痛みとなって表れ脱力感で立ち上がれない、私は、はじめて「寝込む」という経験をしました。来る日も来る日も、朝晩問わず睡魔が襲ってきて、ただひたすら眠り続ける日々です。

そうして一週間ほど経ったある日、春と冬の境界線のような静かな雨の降る寒い日、吹抜けのリビングにある長方形のコタツに肩まで突っ込み昼間からうとうとしていた日のことです。

突然、長男の部屋の扉がパタンと音を立てて開き、急いでパタパタと足音を立て2階ホールを走り抜け、次男の部屋へパタンと勢いよく扉を閉めて分厚い本をどさっと机に置きます。それから、また勢いよく本を広げぺらぺらと素早く頁《ページ》をめくっていく。たくさんの本が机一杯に広げられ、焦って何かを探しています。見えないけれどその様子からは、急いで何かを探している気迫が伝わってきました。

寝ぼけながらも、私はしっかり息子の死を把握しています。

高校受験の終わった次男が、そんなに急いで調べものをするなんて、なにをそんなに焦ってるんだろう。龍之介みたい（苦笑）

思わず目を開き、音のする次男の部屋の閉まった扉に向かって、吹抜けの天井に届くような大声で「キョーちゃん！」と呼びました。

さっきまでの頁をめくる音が、ぴたっと止まり私の声に気が付いた様子です。いつもだったらそのままの態勢で部屋から「は～い？」という籠った声が聞こえてくるはずが、手を止めてなにか考えています。

もう一度、「ねえ、キョーちゃんいるんでしょう」と高い天井に向かって声を上げました。私の思考も自分の声と同時にはっきりと動き出しました。

すると、部屋から一枚ぺらっと丁寧に頁をめくる音が聞こえてきただけ、返事もなくお互い様子をうかがう時間が流れていきます。

もう、なにやってるんだろう、龍之介の部屋から本を持ち出して、なんて思いながら上半身を起こした時、玄関から勢いよく次男が入ってきました。「ただいまぁ」という大きな声と共に。

それからほどなくして、長男の部屋にあった段ボール箱の紙束から一枚のルーズリーフに書かれた短編小説「再死」を見つけます。

刻《とき》はちょうど一年前。桜が舞う季節。

そこには、「死後の異世界」で生きる龍之介が生きていました。そして、私もまた、龍之介が見えなくなった絶望の世界で、桜が散る様子を見ていました。あの日、何かを探していたのは龍之介だったのだ、と確信した小説でした。

――死とは何か。

私は長男が死んでからずっと、この問いに対する答えを探しています。

生あるものは必ず死が訪れる。

避けて通ることはできません。

生きている以上、必ず死を迎える。

そして、死がいつ訪れるのか、誰にも分からないし、誰でも平等にその日はやってくる。

けれども、そんな当たり前の分かり切ったことが突然訪れた時、現実がひとつも理解できなくなるのは、人間の複雑な脳に秘められた、実は最も単純な心の構造をもつ生物だからなのかもしれません。

子どもの死は、私にとって喪失だけでなく挫折と孤独と絶望を味わう事象となりました。

それでも、しばらくその痛みを伴う苦しい時間をただひたすら過ごしていると、何か大きなモノの存在に気が付き始めます。それは人生のどん底にいる冷たい真っ暗な世界の無《む》という刻《とき》のなかに、静かに存在する確かなモノです。

本音をいえば、しばらく子どもの死から離れた時間を過ごしたい、この現実から逃げ出してしまいたい、それくらい辛い過酷な静止した時間との闘いです。でも、なぜだか死者龍之介に引き寄せられるように、向き合いたくなる。

死者の残した言葉と向き合う行為は、生半可な気持ちではできません。悲しいとか、辛いとか、苦しいとか、そんな情動は一切捨てて、俯瞰的にその事象を捉え、徹底的に正対する覚悟がなければ、本当の意味で他者と向き合うことはできないのです。自分の子どもでありながら、自分と切り離した他者として捉える思考です。

私にはそれがなかなかできませんでした。

少し読んでは、眠り。また読み返しては、疲れて眠る。

それでも向き合い続けた理由は、母親としての僅かなプライドがそうさせていたのだと思います。そして、そんな無駄のない無駄な時間を過ごしていくと、また私のなかにいる何か大きな力のあるモノが、私を動かします。子どもの言葉をまとめさせ、自分の気持ちを言葉に吐き出させ、ひとつひとつ丁寧に考えるように指令を出す。

そんな操り人形のように生きたのは、生まれて初めての経験です。そして今もなお、その感覚は続いています。

今年もまた桜が舞う季節がやってきます。

柔らかな花弁は、風に舞って何か見えない存在を表しているかのような、鮮やかな色彩あるものに。私は生まれて初めて、桜の美しさを知りました。儚く散っていく様もすべて愛おしい存在です。

だってほら、その桜には、龍之介が「もう一度生まれて」こようとする力強い意志が感じられるからです。

だから私も。

家族四人が揃って生きたあの日と同じように、今日も明日も一緒に生きます。

こうして私が生きている限り、どんな形であれ死者を未来へ連れていってあげることができるのだから。

母と息子のレーゾンデートル《存在理由》を探し求めて…

＊　＊

人生の主軸が運命によって大きく捻じ曲げられた一年前、私は、ポキッと折れた心の行き場がなくなり、途方に暮れていました。
そして、長男と話ができなくなってからちょうど一年経った日、私はもう一度、人生の主軸を自身の手で大きく捻じ曲げようとしています。

猛烈に最終作業をするリビング風景

長男の人生の晩年、ノンフィクション作家、佐々涼子さんとの出会いは、息子の人生だけでなく、母親の人生にも大きな影響を与えるものとなりました。
人は、ひとりでは生きていけません。
生者の息子と佐々涼子さんを繋ぎ、死者の息子と母の対話を本という形にしていただいた編集者の方々に、心から感謝と敬意を込めてお礼を申し上げます。
本当にありがとうございました。

2023年2月17日
石田　裕子

参考文献

『喪失とともに生きる　対話する死生学』竹ノ内裕文／浅原聡子（編）ポラーノ出版

『永遠の別れ　悲しみを癒す智恵の書』

エリザベス・キューブラー・ロス／デーヴィッド・ケスラー（共著）、上野圭一（訳）日本教文社

『それでも人生にイエスと言う』Ｖ・Ｅ・フランクル（著）山田邦男／松田美佳（訳）春秋社

『エンド・オブ・ライフ』佐々涼子（著）集英社インターナショナル

『死は存在しない　最先端量子科学が示す新たな仮説』田坂広志（著）光文社新書

『孤独を生き抜く哲学』小川仁志（著）河出書房新社

『世界のエリートが教養として身につける「哲学用語」事典』小川仁志（著）SB Creative

『心にとって時間とは何か』青山拓央（著）講談社現代新書

『「時間」を哲学する　過去はどこへ行ったのか』中島義道（著）講談社現代新書

『脳の中の人生』茂木健一郎（著）中公新書ラクレ

『新実存主義』マルクス・ガブリエル（著）廣瀬覚（訳）岩波新書

著者プロフィル

石田裕子 いしだひろこ

1974年生まれ　群馬県出身
金沢工業大学工学部建築学科卒
一級建築士　二児の母
2009年地方公共団体入庁後、建築基準適合判定資格者を取得し、建築技士として勤務

石田龍之介 いしだりゅうのすけ

2003年生まれ　群馬県出身
2019年本庄東高等学校入学
2021年12月東京電気大学理工学部情報システムデザイン学系合格
2022年2月卒業間近、突然、原因不明の急性出血性白質脳炎を発症し、同年3月19日逝去
18歳　永眠

探すんだ！もう一度生まれて
僕の死んだ理由を
生きる意味を

2023年３月19日　初版第１刷発行

著　者　石田　裕子
　　　　石田龍之介
発行者　本間千枝子
発行所　株式会社遊行社

〒191-0043 東京都日野市平山1-8-7
TEL 042-593-3554　FAX 042-502-9666
https://hp.morgen.website

印刷・製本　モリモト印刷株式会社

 ISBN978-4-902443-69-1